U0902627

# 欲望试管

瓜太 著

西南师范大学出版社
国家一级出版社 全国百佳图书出版单位

**图书在版编目（CIP）数据**

欲望试管 / 瓜太著. — 重庆 : 西南师范大学出版社，2016.5

ISBN 978-7-5621-7952-8

Ⅰ. ①欲… Ⅱ. ①瓜… Ⅲ. ①长篇小说—中国—当代 Ⅳ. ①I247.5

中国版本图书馆CIP数据核字(2016)第091627号

# 欲望试管

YUWANG SHIGUAN

瓜太 著

责任编辑：吕 杭 李晓瑞

书籍设计：尚品视觉 CASTALY 周 娟 钟 琛 刘 玲

出版发行：西南师范大学出版社

地址：重庆市北碚区天生路2号

邮编：400715

http://www.xscbs.com

印　　刷：重庆共创印务有限公司

开　　本：787mm×1092mm　1/32

印　　张：8.75

字　　数：167千

版　　次：2016年7月 第1版

印　　次：2016年7月 第1次印刷

书　　号：ISBN 978-7-5621-7952-8

定　　价：29.00 元

# 自　序

写这本书，是我生命中的一种必然。亦即，在我人生的某个阶段，必然会敲动键盘，写下这样一个故事。

因缘巧合，我居住的小区对面，就是一家以试管婴儿技术闻名西南的著名医院。闲来无事，我常常会去医院里逛逛，坐在那条永远人来人往的走廊上，看人间百态。

那是一条不到十米的T形走廊，两边分布着生殖中心的各个科室，两侧靠墙还安装着固定的木质长椅供病人休息等待。我在一天里的任何时候走进这条走廊，都会有同一个感受——喧闹。

木质长椅上永远坐满了焦急等待的病人，走廊上则不停晃动着一个又一个快步穿行的身影。各种各样的说话声传到我的耳朵里，带着各种情绪以及各地的口音，甚至还能听到藏语、彝语和云南特有的卷舌音。他们有的衣着考究、气度雍容，一望便知有着优越的生活状态；而有的则打扮朴素乃至邋遢落伍，身上带着社会底层人士特有的粗糙气息。在这里出现的，甚至不全是中年人，常常会看到踩着“恨天高”、露着文身的时尚青年混迹其中，一样的紧张焦虑、恍惚游离。

真的会有这么多人面临生育问题吗？

带着这一疑问，我采访了很多生殖专家和临床医生，他们都异口同声地给了我同样的回答：真的有这么多！

公开资料显示，全国妇联第六届执委、中国计生委原副主任吴景春在“中美不孕不育学术高峰论坛”上介绍，中国育龄夫妇不孕不育发病比例达到1/8，不孕不育患者已超过5000万，并仍逐渐增加。她说，生育危机即将到来。

中国人口协会发布的调查结果显示，中国不孕不育患者已占育龄人口的12.5%，中国首例试管婴儿的诞生地——北京大学第三医院生殖医学中心，每天慕名而来的患者大约有1500人次。2016年2月，香港媒体的最新报道指出，目前中国内地已经有13%的家庭受到不孕不育问题的困扰。

这是一个庞大的数字。在这些冷冰冰的数字背后，是一个个家庭的悲欢离合。不孕不育早已不是一个单纯的医学问题，它渗透进我们社会的方方面面，演变成了家庭问题、情感问题、伦理问题……

最终，它指向的是人性，是人性中的欲望与欲求。

多少次，当我站在医院那条狭长的走廊上时，总是会情不自禁地想起时装周的发布秀场。模特在T台上来回走着猫步，展示着当季最新的潮流，T台两边则坐满安静的观众。而医院的这条T形走廊,每天展示的则是一对对不孕不育夫妇的人生百态,是一个个中国家庭的时代缩影,而我,则是那位坐在秀场边的观看者和记录者。

写作这本书,是一场艰难的重生。感谢在这场重生中,给予我帮助的每一个人,是的,包括您。

瓜太

2016年3月7日于成都

# 一

你有过这样的经历吗？

在看似普通的某一天里，遇见了一些人、遭遇了一些事。起初，你并不在意，以为这不过是庸常人生里庸常的小插曲。可是，这天之后，你的生活开始渐渐偏离原有的轨道，你被带往一个不被预期的世界，进入一种截然不同的人生。你这才恍然大悟，原来那一天，你不知不觉已经走到了娑婆世界的转折点。

无常，常在。

对于康华医院生殖中心副主任罗卷益来说，他与无常的迎面相遇，是在这天清晨。

当那巨大的撞击声传来时，罗卷益正手握方向盘，在医院大门口的堵车长龙里焦急地等待着。他和所有人一样，将头探出车窗，循声望去。只见前面一辆蓝色标致车的车头向左，直接“吻”上了左侧一辆黑色轿车。罗卷益伸了伸脖子，看清楚了那辆黑色轿车的车标。好家伙，竟然是一台玛莎拉蒂！

标致车里跑出来一个穿着T恤和牛仔裤的小青年。看着自己因为心急抢道而酿出的车祸，他惴惴不安地将手插在牛仔裤后兜里，一脸焦虑地望向玛莎拉蒂车内。

同一时间，玛莎拉蒂驾驶室的车门打开，一个身材修长的中年男人出现了。他理着干净的平头，身上穿着黑色的西服套装，里面的白衬衣干净而熨帖。更为特别的是，他的手上戴着一双洁白的手套，在阳光的照耀下，白手套发出高贵的光亮。罗卷益就此断定，这个男人并非豪车真正的主人，大户人家的司机是有这样的排场和气度的。

白手套和惹祸的T恤青年简单交谈了几句，他的脸上没有什么波澜，平静中透着几分显而易见的居高临下。随后，他掏出手机打电话，显然，是找交警来处理。

罗卷益看了看表，已经八点二十分。他比平时提前了半个小时出门，八点不到就已经将车开到了医院大门口，没承想，在大门口却被硬生生堵了整整半个小时。

空气中飘浮着焦躁的气息，不时有心急的司机按响了催促的喇叭。罗卷益深吸一口气，伸手调高了车里的广播音量。正是早间节目时间，一个聒噪的女主播喋喋不休地向听众提着各种“脑筋急转弯”的问题：“小明的妈妈说，小明，肥皂掉地上弄脏了，你赶快去洗一下。小明一脸无辜地问，妈妈，肥皂脏了，用什么洗呢？”

一个小男孩打进热线，用带有浓厚四川口音的普通话对女主播说：“阿姨，我也有一个和小明差不多的问题。我爸爸是个医生，我为我的爸爸骄傲，我也很爱我的爸爸，但是我从三岁起就开始为他担心了，如果哪一天医生生病了，该找谁看病呢？”

“扑哧”一声，罗卷益忍俊不禁。是啊，医生病了，该找谁看病呢？

此时，拥堵的汽车长龙开始向前移动，罗卷益急忙拉下手刹，缓缓地开着车龟速前行。在接近那起事故现场时，玛莎拉蒂的后排车门忽然打开，从车厢里钻出来一个女人。女人穿着一袭黑裙，低着头，漆黑的长发垂下来，遮住了大半张脸。当罗卷益的车从她旁边经过时，女人下意识地抬起头看了一眼。

那是一张年轻的、五官精致得无可挑剔的脸。特别是一双黑白分明的大眼睛，深得像两口井——谁要是掉进去了，一定爬不上来。

罗卷益被自己的联想吓了一跳，握着方向盘的手心微微有些出汗。

黑裙女子转头和司机说着话。司机脸上高傲的神色即刻消退，代之而来的是一种谦恭且郑重的表情。他调转身体，朝女子的方向微微前倾，两手交叉握于腹部，眼睛则专注地看着黑裙女子，配合着对方说话的节奏适时地点头。玛莎拉蒂司机训练有素、得体周到的举止吸引了一众看客羡慕的目光，这样高素质的司机，究竟出自怎样的豪门呢？

那位黑裙女子并未理睬众人的目光，和司机交代了几句，她忽然离开豪车匆匆向前走去。女子走得很急，到最后已经接近奔跑的速度。乌黑的长发飘扬起来，在空中划出一道优美的弧线，像一个大大的问号。

八点半，罗卷益准时出现在门诊大厅。此时，普通挂号窗口前，排队的长龙已经蜿蜒到了玻璃大门边，而旁边的VIP窗口前却只有五个人。这就是区别。普通人为了一个专家门诊号，常常需要凌晨四五点就赶到医院排队。而VIP却无须折腾，他们随时都享有优先就诊的权利。至于什么样的人能成为康华医院的VIP，条件很复杂、很苛刻，但是概括起来却又很简单，简单到最后只剩四个字——非富即贵。

罗卷益绕过普通窗口的长龙，在VIP窗口前成为第六个排队的人。

无聊的等待中，罗卷益耳边又回响起了那位小男孩呆萌的声音：如果哪一天医生生病了，该找谁看病呢？他想，这个问题看似幼稚无厘头，实则蕴含了强烈的思辨性和丰富的哲学性。那个小男孩肯定想不到，今天就有一位医生，要用行动来回答他的疑问。

VIP窗口就是神速，几分钟后，罗卷益前面就只剩一个人了。排在前面的女子将身体微微蹲下来，头尽量靠近挂号窗口，她说："我要挂最有名的生殖专家。"女子的声线是少有的女低音，低沉中还略带沙哑。说话的语气不紧不慢，透着一种坚定，这让她一开口就有了一种不同凡响的震慑力。

坐在窗口里的挂号员脸上挂着职业化的笑容，今天是她第一天上班，显得格外热情认真："您有具体想要挂号的专家吗？或者，我可以为您详细介绍几位。"

女子并没有接话，而是用斩钉截铁的声音重复："我要挂最有名的生殖专家。"

挂号员微微一愣，随即恢复了笑容。作为一名VIP挂号员，她上岗前一再被告诫，此窗口的服务对象个个非富即贵，必须打起十二分精神，小心应对、礼貌恭谦。普通挂号员那种随时随地可以给人脸色的快意和自由，在这里是不能拥有的。

挂号员清了清嗓子，用异常温柔的声音说："这位女士，我可以给您介绍下吗？今天坐诊的生殖专家中，排名第一位的是罗卷益医生。他是主任医师、博士、中青年学科带头人、生殖中心副主任，您意下如何？"

女子稍一思索，重重地点了点头。

当她挂完号，拿着就诊单转过身来时，罗卷益不禁一怔。

竟然是她！刚才从玛莎拉蒂里出来的黑裙女子。

女子和罗卷益结结实实打了一个照面，她那双黑白分明的大眼睛定定地停留在罗卷益脸上，只一瞬，又迅速移开视线，漠然地快步离开。这一瞬间的对视，让罗卷益得以把女子的脸看了个仔细。这是一张被上帝精心雕琢过的脸庞，立体精致的五官犹如一件艺术品。她的脸没有红尘脂粉的艳丽，却多了一种大理石般的光洁质感。

罗卷益甚至能以医学博士的专业眼光判定，女子的年纪不会超过三十岁，具体会在二十五岁到二十九岁之间。最让罗卷益惊讶的是，在女子左眼的瞳孔边，藏着一颗黑色的小圆痣。在她把视线从罗卷益脸上移开之际，那颗小圆痣在瞳孔的转动下，发出一种隐隐的光亮，像一颗闪烁的小钻石，又像一滴没有释放的眼泪。

这个瞳孔有痣的女人……

"下一位。"挂号员的声音将罗卷益从错愕中拉了回来。

"请问您要挂哪位专家的号？"挂号员的声音温柔礼貌。

"罗卷益。"罗卷益说出了自己的名字。

挂号员面带微笑地点头："请问您的姓名？"

"罗卷益。"罗卷益说出了自己的名字。

挂号员麻利地在键盘上输入信息，然后说："请出示您的 VIP 就诊卡。"

"没有。"罗卷益如实回答，"但是我昨天已经给你们张主任打过招呼了。”

“哦？”挂号员在键盘上忙碌的手停住了，脸上的笑容也消减了几分，“但是我没有接到通知。”

僵持了几分钟之后，挂号员立马神情严肃地对罗卷益说：“这位先生，如果您没有 VIP 就诊卡，是不能在此窗口挂号的。”

罗卷益正欲解释，挂号员变得冷若冰霜：“请您站到旁边去好吗？不要影响其他病人挂号。下一位……”

罗卷益尴尬地退到了窗口边。看来，那位小朋友是正确的，医生病了该找谁看病，确实是一件让人担心的事情。

罗卷益只得拿出手机，再度给负责挂号的张主任打去电话。张主任得知情况后，连声在电话里道歉：“罗主任，实在不好意思，这几天我们挂号窗口正是新旧人员轮岗时期，估计是他们在交接过程中出现了失误。您放心，我保证在五分钟之内为您搞定。”

几分钟后，那位第一天上岗的挂号员诚惶诚恐地将头探出窗口，焦急地大喊：“罗主任，罗卷益主任，您在吗？您还在吗？”

罗卷益平静地重新走到窗口前。

“罗主任，实在对不起，我今天是第一天上班，交班的老师忘记告诉我了，实在抱歉，我马上给您挂号啊。”挂号员小心翼翼地向罗卷益道歉，眼睛里已经累积起委屈的泪水。

刚刚，她的顶头上司张主任已经在电话里将她骂得体无完肤。“知道这人是谁吗？我们医院最年轻的主任医师、生殖中心副主任、院长面前的红人！他挂自己的专家号，自己给自己看病，你竟然让人家靠边站。胆子不小啊，你把他得罪了，你是不想在我们这里干了吧？”

挂号员以最快速度办理完挂号手续，诚惶诚恐地用双手将单据递给罗卷益，还不忘连连鞠躬道歉。

做完这一切，挂号员的眼泪终于还是掉下来了。她难过地背过身去，偷偷饮泣。

有同事从她旁边经过，问明原委，也禁不住叹息：“你怎么这么不小心呀，第一天上班，连大名鼎鼎的罗卷益主任都不认识？他挂了自己的号？哦，对，对，他今年已经四十五岁了，却一直没有孩子。你想想，他是专门为别人解决不孕不育问题的，自己一把年纪了却膝下无子，那得多闹心啊，他也真该为自己把把脉了。”

拿着挂号单，罗卷益朝自己的办公室走去。没有想到，作为一名医生，想要自己给自己看病，也得如此大费周折。医生病了，又该找谁呢？像他这样，自己挂自己的号，自己给自己看病，是最佳答案吗？

八点四十，罗卷益走进办公室坐到了办公桌边。手机铃声大作，按下接听键，听筒里传来“喂、喂、喂”三声，似乎是手机信号不稳。这是妻子张芊茹的声音。知妻莫若夫，罗卷益知道，这样不自然的三声连呼，是张芊茹为了掩饰自己的某种情绪而下意识的发声方式。一种不祥的预感从罗卷益的胸腔升腾起来并迅速向上蔓延。他感觉自己的喉咙发干发紧，连带舌头也僵直坚硬了。

他听见自己用一种生硬的语气说：“听得见，说吧。”

电话另一端传来急促的脚步声和嘈杂的人声。听筒里张芊茹的声音提高了好几个音阶：“卷益，不好意思啊，今天早上美国客户临时提出要召开一个紧急会议……非常重要的会议……估计是要宣布他们最后的合作伙伴了。我没有办法赶过来了，非常抱歉啊……”

罗卷益握着手机的手像遭遇电击一般，微微有些发麻。整个胸腔被一种干涩生硬的情绪压得沉甸甸的，他没有力气再说多余的话了。一阵沉默之后，张芊茹在手机里又“喂、喂、喂”连呼三声。

罗卷益径直挂断了电话。

三天前，妻子张芊茹陪同美国大客户到邻近的绵阳市考察。昨晚通话时，张芊茹在电话中一再保证，自己一早出发走高速，绝对会准时到达医院。但是罗卷益的心里总有些不踏实。过往的经历告诉他，张芊茹的工作安排随时都在发生变化，她能否准时出现在医院里，成了这三天他心中最大的悬念。

人世间的事情就是如此奇妙，你最怕发生的事情多半会发生，而你满心期望的却常常离你十万八千里。

罗卷益有些泄气地看着桌子上的几张检查单，这是他昨天就提前准备好的，B 超检查外加抽血化验。他今年四十五岁，妻子张芊茹也已经四十岁了，两人的身体素质和生育能力都开始衰退，时间不等人，要想尽快生育，试管婴儿是目前最为可行的方案。

可谁知道，来医院的第一天，张芊茹就失约。罗卷益心烦意乱地取过那几张检查单，看也不看，大力撕成碎片，重重扔进了垃圾桶里。

听着电话里丈夫挂掉电话后的“嘟嘟嘟”声，女强人张芊茹微微愣了一下，悻悻地将手机扔进公文包，大踏步地走进了会议室。她的出现，让原本端坐在会场里的下属们一个个毕恭毕敬地站了起来，异口同声地向她致意：“张总好。”这种被人尊重被人簇拥的感觉，像一把熨斗，几个来回就熨平了张芊茹心中的愧疚。

不就是一次失约嘛，今天不行，明天不一样可以去医院吗？早一天晚一天又有多少关系呢？反正都晚了十几年了啊。

会议室里又是一阵脚步声，绿光集团副总裁马丽杀到。五十开外的马丽穿着香奈尔套装、干瘪消瘦的脸上化着精致的浓妆，向下耷拉的嘴角隐隐透出一股肃杀之气。这是一块巴辣的老姜。在广告界驰骋征战几十年，凭着一股不达目的誓不罢休的狠劲，她拿下过无数高端品牌的广告大单。在广告界遇神杀神、遇佛杀佛的她，唯一的对手，只剩思瑞公司的一姐张芊茹。

张芊茹和马丽视线相遇，彼此的目光里都透着一股冷冷的敌意。既生瑜，何生亮？这两位广告铁娘子多年来捉对厮杀，难分伯仲。好强的女强人总有通病，谁也不愿屈居人后，特别是另一个女人之后。

最后一个出场的是HB公司全球副总裁乔治·王。他是美国出生长大的华裔第二代，身材魁梧、衣着考究、有着小麦色皮肤和洁白的牙齿，浑身散发着淡淡的古龙香水味，典型的美国中产阶级做派。

“很抱歉，这么早把大家召集过来。”他说的是中文，发音虽然不太标准，但日常交流也已足够，“因为刚刚收到美国总部的最后通告，总部希望第一时间把我们的决定告知合作对象，所以我一大早就把大家找来。”

果不其然。张芊茹心中暗想，自己的判断完全正确，决定胜负的时刻到了。

为了拿下HB公司，张芊茹可谓不惜血本、做足功课。连日来，她带领团队全程陪同美方的来川考察队，就连去绵阳工厂她也亲自陪同。一路上鞍前马后，热情周到地尽地主之谊,在润物细无声中向客户展现着团队的实力和理念。

狭路相逢,智者胜。

会议室里忽然安静下来,空气中的紧张情绪瞬间凝结成块,一层层压迫下来。

“我想,总部的领导们可能忘了一件事情,美国和中国有着十二个小时的时差,他们晚上八点召开董事会,此时正是四川人早上起来吃锅盔的时间。”乔治说“领导”和“锅盔”两个词时,特意加重了语气。说完,他自己耸耸肩抢先笑起来。会场里紧跟着响起一片笑声,那块压在头顶的紧张情绪被笑声冲向天花板,只摇晃了几下又落下来,重新压在大家头顶上。

“嗯……”乔治停顿了一下,收起脸上的笑意,一字一顿地说,“我们 HB 公司这次进军中国西南地区经过了周密的考察,这是我们大中华区战略的重要一环。寻找一个熟悉本土市场、有着雄厚实力的广告营销公司来进行品牌推广是我们非常看重的一项工作。在此,我要向四川两家杰出的广告公司——绿光和思瑞表示感谢,谢谢你们对 HB 的重视和热情。”说到这里,乔治分别向张芊茹和马丽微微颔首。

“我们经过综合考察,向董事会提交了两家公司的考察报告书,董事会讨论决定,HB 最后将和——思瑞公司达成战略合作关系。”乔治的话音刚落,会场里就出现了一片躁动。张芊茹垂下眼帘，嘴角却有掩饰不住的笑意。皇天不负苦心人，她终于打赢了这场大仗。忍不住拿眼角的余光扫视马丽，发现她原本就向下歪的嘴角此刻已经耷拉成了一个半月形，整张脸迅速出油起皱发霉，犹如一枚霜冻得太久的老茄子。

张芊茹长长舒了一口气。为了这一刻，一切的付出，都是值得的。在这个扬眉吐气的时候，张芊茹禁不住想起了自己的丈夫。此时的他应该是一副双眉紧锁、郁结不畅的样子吧。张芊茹的心里这才有了隐隐的歉疚。

不出张芊茹所料，罗卷益满脸的不快连旁边的助手张勇都看了出来。他识趣地自动噤声，手脚麻利地取出罗卷益的真空玻璃杯,为他泡好一杯云南布朗山出产的古树红茶，双手毕恭毕敬地递到罗卷益面前。

罗卷益有一个众所周知的习惯，工作时只喝红茶，而且只喝云南布朗山出产的、没有任何农药成分的古树红茶。有一次，布朗山红茶喝光了没有及时去买，小张只能以其他产地的红茶代替。罗卷益只抿了一小口就把茶杯推得远远的，不再问津。

罗卷益木着一张脸，没有喘息地连看三个病人。

只要呼叫器一开始工作，鱼贯而入的病人即刻把罗卷益变成一台精准运行的永动机。问诊、检查、开药。他停不下来，也无法停下来。对于一台永动机，人们关心的是它运行得是否精准高效，谁会去关心一台机器的内心世界呢？谁会在乎一台机器的喜怒哀乐呢？好在高强度的工作能让罗卷益的注意力迅速转移，机器“轰隆隆”开动，他的郁闷随即被碾压得四分五裂。

喝了一口红茶，罗卷益伸手按下呼叫器，第四个病人推门走进来。

一片黑色的光影挡在面前，抬头一看，是她，那个神秘的玛莎拉蒂女子。

罗卷益不觉精神一振，混沌的大脑忽然投进一道月光。他伸手接过女子的病历，姓名李晶，普通的名字，却很符合她的气质，晶莹剔透。年龄二十八岁，猜得没错，二十五到二十九岁之间，正是人生大好年华。

未等罗卷益询问，李晶抢先开了口。还是那种低沉的女低音，沙哑中透着磁性。她说：“我要做试管婴儿，越快越好。”

罗卷益一怔，真是一个与众不同的女人。他拿起笔做准备记录状，对李晶说：“能介绍一下你的既往病史吗？”

李晶垂下眼帘，一排纤细悠长的睫毛盖住了她大大的眼睛。她缓缓说道：“我双侧输卵管堵塞，已经做了六次试管婴儿移植了，都没有成功，听说康华医院的成功率很高，就慕名前来。”

罗卷益不觉倒吸一口冷气。六次？他有些不相信自己的耳朵，一个二十八岁的年轻女子，短短几年间已经做了六次试管婴儿移植手术，这需要多么强大的动力和超常规的承受力啊。罗卷益仔细翻看了李晶的过往病历，六次移植，三次胚胎停育、一次自然流产、两次生化。每次进入试管移植周期相隔都不会超过三个月。换句话说，这位女子在过去几年的时间里，生活的主题就是检查、怀孕、失败、再怀孕、再失败……

罗卷益禁不住摇了摇头，他诚恳地提出了自己的建议："你几年时间已经做了六次试管婴儿移植手术，无论是在生理上还是心理上，都造成了较大的伤害。目前这个阶段，我建议你还是暂停试管移植，可以先进行一些中西医结合的身体调理，甚至可以什么治疗都不做，出去旅游，放松一下心情……"

罗卷益话还没有说完，就被李晶打断。"罗医生，我要尽快开始试管移植。"李晶那双黑白分明的大眼睛定定地看着罗卷益，整个人笼罩在一种斩钉截铁、赴汤蹈火的决绝中。罗卷益作为医生的权威很少像今天这样，遭遇病人如此直接的挑战。但他并不生气，只是觉得面前的女子太过与众不同。

空气瞬间凝固。剑拔弩张中，李晶原本挺直的身板突然就瘫软下来，整个人向后，重重靠在椅背上，像一只柔软无骨的棉花抱枕。眼睛望过来，左眼瞳孔边那颗小圆痣开始轻轻转动，发出一抹幽微的光亮。她对着罗卷益轻轻地吐出一句话："医生，请您，请您一定帮帮我。"

罗卷益一时语塞，即刻缴械投降。他发现自己在这个女子面前，毫无还手之力。他不再说话，低下头，开始为她草拟治疗方案。

## 二

罗卷益还没有下班回家，家里已经是一片热气腾腾的热闹场面。客厅电视的音量调得很大，《新闻联播》熟悉的片头曲充斥着房间的每一个角落。保姆在厨房里准备着晚餐，妹妹罗诗诗和妹夫郑海涛被母亲一个电话招来，双双挤在厨房里打下手。年迈的老母亲则站在厨房门口，有一搭没一搭地和女儿、女婿说话。

“诗诗、海涛，你们可别学你哥，孩子还是得早点要，不能拖到一把年纪了才急着想办法。”罗母认真地告诫着这对小夫妻。

“妈，都啥年代了，现在的年轻人谁不是一门心思扑在事业上啊？”罗诗诗一边择着葱叶一边反驳着母亲，“您看我哥，三十岁从美国学成归来，然后进入全国一流的康华医院，不到四十岁已经破格升为主任医师，四十五岁已经是生殖中心副主任，如果只想着老婆孩子热炕头，他能有今天的成就吗？”

说起儿子的成就，罗母的脸上浮现出骄傲的神色：“你哥呢，可真给我们老罗家争气啊。我们村里，千百年来，就出了他这一个留洋博士。当初你爸出车祸走的时候，你刚满月，卷益也才十五岁，大家都劝我改嫁。谁都想不到，我一个寡妇不但把你们都拉扯大，你们还这么有出息。”

提起艰辛的往事，罗母的眼睛里闪烁着泪花。诗诗见状，急忙岔开话题：“好了，好了，我们都知道您老人家是英雄母亲，养出的儿子不但博学多才，更是一表人才，当初来我们家给哥说媒的人把门槛都踩破了。”

“啊？罗主任还有这段罗曼史啊。”郑海涛来了兴趣，他在康华医院生殖中心担任住院医师，正是罗卷益的牵线搭桥，他才和罗诗诗喜结连理。对于罗卷益，他一直称呼“主任”而不是“哥哥”。

“切，我哥能看上那些乡下姑娘吗？”罗诗诗对着海涛一嘟嘴，“我哥早就说了，他找妻子一定得是有学历、有容貌、出身良好的知识女性。你看芊茹姐，父母都是大学教授，自己又是外语系的高才生，现在还贵为外企高管，只有这样的优秀女性才配得上我哥！”

“唉，”罗母轻轻叹了口气，“按理说，他们俩的婚事也让大家满意，可就在孩子这事上让人闹心啊。我看这芊茹啊，也不怎么听卷益的话。卷益说过她多少次了，先把孩子生了再忙事业，可她就是不听。你说她一个女人，要那么多事业来做什么，早点生儿育女才是正经事情啊。”

“妈，这些话可千万别让芊茹姐听到。”罗诗诗小声地提醒着母亲，“再说了，芊茹姐不是也怀过两次吗？”

“怀？那两次不都小产了吗？也不好好地在家养个小月子，在床上没躺几天就蹦跶出去上班了！”一提到张芊茹的小产，罗母情绪激动起来，“她要是真有心生育，哪会拖到这把年纪啊。”

此时，门口传来开锁声，罗诗诗第一个探出头去：“哥，回来了？妈让我们今天过来给你庆祝一下，今晚的菜，样样都是你爱吃的。”

看见儿子的身影，罗母连忙颤巍巍地迎上去。

罗卷益勉强挤出一丝笑容，权当回应。

老太太把儿子拉到一边，迫不及待发问：“怎么样？今天开始检查了吗？什么时候能怀上呢？”

罗卷益不忍看母亲充满期待的脸。他一边脱外套一边向卧室走去。母亲不死心，紧跟在身后追问：“怎么是你一个人回来的呢？芊茹呢？她怎么没有同你一起回来？”

“芊茹忙工作，今天没有时间来医院。”罗卷益尽量用轻描淡写的语气回答母亲。

罗母一步迈出去挡在罗卷益面前，有些气急败坏地问：“芊茹没有去？不是说好了你们两口子一起去医院吗？怎么就反悔了呢？怎么就反悔了呢？”

“妈！”罗卷益情绪恶劣，大声制止了母亲的追问，“让我安静地待一会儿好吗？”

罗卷益的声音把诗诗和郑海涛都引了出来，小两口站在厨房边面面相觑，不知如何是好。

罗卷益心怀歉意，他转回头说：“诗诗，海涛，你们陪妈吃饭吧，我有些累，先休息了。”说完，罗卷益大踏步走进卧室，关上房门。

诗诗和海涛对望一眼，重新退回厨房。诗诗悄声问海涛：“今天我哥在医院是不是遇到什么事了？”海涛认真回忆了一遍，茫然地摇头。

家里安静下来，只剩男主播康辉浑厚的男中音在房间里飘荡：“今天《新闻联播》的主要内容有……”

罗母怔怔地立在那里，下意识地看了一眼对面墙上挂着的老照片。照片是黑白的，年轻时的丈夫正隔着几十年的辛苦岁月注视着她。

她记得，照片是丈夫去世那年的春节在县城照相馆拍的，几个月后，在镇供销社上班的丈夫去乡下送货，不料途中发生车祸，当场丧命。

难道，老天真的要让我们老罗家绝后吗？罗母看着丈夫的照片，混沌的眼睛里涌出一长串热泪。

没有跟着罗卷益回家的张芊茹，此刻正在享受成功的喜悦。在思瑞集团和HB公司庆祝合作的晚宴上，张芊茹是第一女主角，是夜空中最耀眼的那一颗星。

她穿着 Versace 紧身小黑裙，上等的裁剪将她苗条的身材勾勒得恰到好处。张芊茹已经四十岁了，很多女人在她这个年纪，早已赘肉缠身、五官坍塌。但是张芊茹在长期严格坚持素食和持续的运动之下，身材依然保持得玲珑有致，面部皮肤也还能素面示人。

一个连自己的体重都控制不了的女人，还能掌控其他事情吗？

乔治穿着西装、系着领结依次向思瑞高层举杯。领结很少被国内商务人士采用，因此乔治脖子上深红色的领结在一众领带男中格外出挑。这是一个拥有好品味的男人，眼神清澈，笑容明亮，浑身上下洋溢着纽约精英阶层的自信。反观站在他身边的思瑞 CEO 汪季潮，虽然浑身上下都有顶级名牌加持，但是在刻意营造的器宇轩昂中，总能让人感觉到一种怯意。

张芊茹知道，那是因为他的眼神。

汪季潮的眼神幽深浑浊，总让人有种经历梅雨季节的不适感。出身卑微、一路艰苦打拼的凤凰男身上，常常带有这样一种气息。那是在生活中受尽委屈、饱尝屈辱后所遗留下的酸馊味道，是一个人即使走得再远、爬得再高，都无法摆脱的卑微印记。

就像刚刚举杯的一瞬间，他原本是将手握在酒杯肚子上的，猛然意识到自己犯了喝红酒的大忌后，立刻用另一只手托着杯底，将那只不争气的手迅速下移。由于动作太过迅猛，险些将红酒洒到自己昂贵的西装上。

对于汪季潮，张芊茹的感情颇为复杂。

两人最初合作的几年，倒也相安无事。汪季潮在思瑞羽翼未丰，对上对下小心谨慎，特别是对待张芊茹这样有实力的公司老人，更是礼遇有加。作为直接下属，张芊茹心无芥蒂地配合着顶头上司汪季潮的工作，两人之间的关系在相当长时间内，都维持在稳定和谐的状态中。

初任CEO的汪季潮遭遇公司一班老臣子的集体排斥，急于建功立业、树立威信的他亲自担纲主抓几笔年度大单。明眼人都看得出来，如果没有张芊茹的拔刀相助，汪季潮将注定败走麦城。渐渐地，公司里开始流传起这样的说法：没有汪季潮，张芊茹还是张芊茹；没有张芊茹，汪季潮将不再是汪季潮。甚至一度，江湖上还流传出汪季潮和张芊茹关系非同一般的八卦。

张芊茹听闻此等传言，嘴角不免浮起一记冷笑。对汪季潮的鼎力相助，一半出自她的职场智慧，一半则出自女人对弱者的天然同情。职场历练多年，顶头上司是横亘在无数能人志士面前的萧何。妥善圆满地处理好和上司的关系，就相当于移走了一块在头顶摇摇欲坠的巨石。否则，这块巨石随时都有可能垮塌下来让你辗转成泥。

更何况，汪季潮初入思瑞表现出来的紧张谨慎、卑躬屈膝，实在让张芊茹有些看不下去。每每拔刀相助，多少还带点江湖儿女的英雄气概。一次，汪季潮当着张芊茹和众多同事的面，半开玩笑半试探地说起了公司里流传着的两人之间的八卦。张芊茹嘴角微微一笑，镇定地将皮球轻轻地推了回去："都是成年人，谁还会拿这些无中生有的八卦当真呢？"

倒是这几年，张芊茹开始有意识地和汪季潮拉开了距离。随着汪季潮在思瑞的根基渐稳，他性格里的老谋深算、心胸狭窄逐渐显露出来。信奉厚黑学的汪季潮，在公司频频安插自己的亲信，着力打造自己的汪派人马，办公室政治越演越烈。虽然汪季潮对张芊茹还是一如既往的礼遇，但是张芊茹心知肚明，自己和他不是一个世界的人。

对于这样一位顶头上司，张芊茹的心里渐渐有了防备。在风云莫测的职场上，谁也无法准确预知自己未来的命运。这么多年来，张芊茹看尽了业内的弱肉强食、优胜劣汰，甚至是劣币驱逐良币，这让她总有一种深入骨髓的不安全感。

乔治端着红酒杯出现在了张芊茹面前。"Grace……"乔治习惯称呼张芊茹的英文名字，"你是个不可多得的广告人才，你的智慧和胆识给我留下了深刻的印象。"

张芊茹对乔治露出灿烂的笑容。在乔治面前，她总是格外放松。

“我还要告诉你一个好消息。”乔治环顾左右，伸手做了一个手势，将张芊茹引到一处射灯照不到的角落。

“我这次到中国来，除了为新产品寻找营销团队外，还有一个重要的任务，那就是尽快组建 HB 大中华区。我们的首要任务，就是在本土寻找一位合适的 CEO。”

乔治一字一顿，说得张芊茹的眉毛不觉微微上挑。傻瓜都知道，这是职场上多么难得的一次机会。

张芊茹没有接话，端着红酒杯，笑盈盈地注视着面前的“ABC”。

“所以，Grace，你要努力，你是我们重点考察的两位人选之一……”

“那么，另一位人选是？”

“马丽。”

张芊茹笑意更浓，斗志瞬间被撩拨得满格。

“Cheers！”她主动把酒杯举到乔治面前，两人的酒杯碰到一起，发出一记清脆悦耳的声音。

夜里十点半，张芊茹到家。她尽量把开门的声音压到最低，但还是惊动了罗母。罗母从自己房间里走出来，看着拖着拉杆箱、一脸疲惫的媳妇，欲言又止，好半天才说：“吃晚饭了吗？饭菜都在厨房里。”

“不用了，吃过了。”张芊茹推着LV拉杆箱急急朝卧室走去。

老太太不罢休，在媳妇身后冷不丁补了一句：“今天卷益晚饭可一口都没有吃。”

“哦。”张芊茹怔了一下。没有回头没有接话，一溜烟逃进卧室。

张芊茹对自己这位婆婆的行事风格了然于胸。遇事从不直截了当，不在正面战场交锋。喜欢旁敲侧击，开辟敌后战场杀人于无形。对于这样高段位的婆婆，张芊茹能躲就躲，绝不恋战。

关上卧室门，张芊茹才觉得自己是真正回家了。

卧室是一个带独立卫浴的大套间。最里间放着胡桃木的双人床、衣柜、化妆台，外间则放置着沙发、书桌、书柜以及一尊金丝楠木落地茶席。当初设计房间时，张芊茹特意让装修队将相邻的两个房间打通，这样，卧室套间就成了一个独立的小世界，可以不受干扰地在此睡眠、休闲、洗浴、办公、品茶等。

之所以进行如此改装，只因为张芊茹有着现实的考量。罗母青年守寡，老来投靠儿子理所当然。只是这婆媳长期共处一室，用脚后跟思考，也知道未来将出现多少矛盾和不快。于是，张芊茹防患于未然，想出了这个“家里有家”的设计思路。既和婆婆生活在同一屋檐下，又为自己保留一个相对独立、不受干扰的生活空间。十几年的共同生活中，张芊茹曾经无数次地庆幸自己当初想出了这个“家里有家”的妙招，正是因为有了各自独立的生活空间，婆媳之间才避免了很多的冲突、矛盾和争执。

岂止是房间设计，张芊茹觉得自己在精神上也同样的“家里有家”。既身在婚姻之中，又保持了精神的独立。不为婚姻所累，不为家庭牵绊，独立自由地追寻着自己的事业和生活。这是她最满意自己的一点。

里间的房门紧闭，张芊茹扭动门把手，门已经从里面锁上了。

罗卷益还在生气。

在生气这件事情上，罗卷益和他的母亲如出一辙。他对愤怒的表达方式总结起来就只有一个字——冷：冷眼、冷面、冷言冷语、冷暴力。

张芊茹不再坚持，退回外间，将自己重重抛在沙发上。懒得开灯，倒也不暗。小区路灯、对面住户家的灯光汇合着投射进来，房间里朦朦胧胧有了一种黛青色的光亮，让人想起发霉长毛的月亮。老人们常说，月亮发毛不是好天相，那可是要下雨的征兆。

管它发霉还是下雨，好好睡一觉才是王道。张芊茹拉过沙发上的备用毛毯，把自己结结实实包裹起来，准备进入梦乡。张芊茹是真心觉得累了。连日来陪着 HB 公司一干人，察言观色、使出浑身解数，她觉得自己再没有半分力气来应付这些家庭琐事了。

是的，在张芊茹心里，生儿育女不过是一件家庭琐事罢了。它就像冬天里的一杯热牛奶，夏天里的一盒冰激凌，有，那就是锦上添花，当然好；如果没有，也无伤大雅，不会妨碍她继续向前走。倘若要让她为了一杯牛奶或一盒冰激凌而停下脚步，那就是老大不愿意的事情了。

半夜，张芊茹在一阵浓厚的烟味中醒来，看看墙上的时钟，十一点五十五分。窗外的街灯勾勒出罗卷益的剪影，他坐在旁边的沙发上抽烟，似乎过了几个世纪。罗卷益平时并不抽烟，夹烟的姿势略显生涩。大多时候，他只是任由香烟在指尖慢慢燃烧。

张芊茹从沙发上挣扎起来，默默看着丈夫。两个人都没有说话，也许都不知从何说起。

终于，还是罗卷益打破了沉默："我们必须谈谈。"

张芊茹将双腿曲起来，双手抱着膝盖，一副洗耳恭听的样子。

"芊茹，不能再逃避了，你已经四十岁了，已经触碰到了一个女人生育的红线！"罗卷益的声音听起来极其沉重。

"我没有逃避，今天的失约并非我所愿。你知道的，人在江湖，身不由己。"张芊茹的脖子变得僵硬，像一只随时准备进入战斗的小公鸡。

“芊茹，这么多年，我什么时候逼过你？你要事业，你要成功，你要做女强人，我什么时候阻挠过你？但是，到了现在这个地步，你为什么就不能为了这个家庭做出一点牺牲呢？老天留给你做母亲的时间已经不宽裕了！”

“老天留给我的职场时间同样不宽裕！下面的人虎视眈眈，随时准备取代你；上面的人拼命压制你、防备你，一不留神，分分钟前功尽弃、败下阵来！”

“你知不知道，作为一个女人，没有完整的家庭才是真正的失败。”

“家庭不是女人的全部，女人的价值不由相夫教子决定！”

“张芊茹，你太自私了！”

“罗卷益，不要逼我！”

……

空气凝结了。罗卷益的脸上结着冰霜。过了许久，他让自己重新坐回沙发，双手紧握在一起，动了动嘴唇终于用低沉的声音说：“摊牌吧，我要告诉你我的决定。如果今年我们还没有自己的孩子，我需要重新考虑自己在婚姻中的去留。”

“你在威胁我？”张芊茹眉毛上扬，她感觉自己的尊严遭遇到了挑衅。

“我只是告诉你我的决定。”

“好，我知道了，我无条件同意！”

说完，张芊茹推掉身上的毛毯，赤足走进浴室，重重将浴室门关在身后。

这一刻，张芊茹表现得异常平静。她站在镜子前，仔细端详自己的脸。皮肤状态尚好，皱纹不多，衰老迹象并不明显。只是半夜乍醒，脸色略显苍白憔悴罢了。脱掉衣服，镜子里出现四十岁女人的身体。皮肤依然白皙，这是家族遗传带给她的基因红利。乳房也算紧实，腰部并无明显的多余脂肪，她的身体还维持着一个女人的尊严。

张芊茹从不否认自己的自恋。一个连自己都不爱的女人，还能指望别人爱她吗？

女人是最经不起岁月折腾的。大学同学夏晓晨和张芊茹同岁，当年是大学里公认的校花。在经历过结婚、生子、离婚、独自抚养儿子的艰辛历程后，如今的夏晓晨身材发福臃肿、眼角皱纹丛生，不复往昔校花的风采。反倒是张芊茹，轻轻盈盈到了四十岁，既无生产之痛，也无抚养之累，岁月留给她的除了成熟女人的风韵之外，再无其他累赘。

不要不承认，生育对任何女人来说，都是一把双刃剑。你成为母亲，你的生命实现了所谓的完整。但是同时，你要遭遇生理和心理上的诸多创伤，你的身材变形，你的生活重心发生改变，你的事业停滞不前，甚至很多母亲只能就此退出职场。这一系列的生育后遗症后，你的生命真的完整了吗？

打开浴室花洒,张芊茹让热水冲在自己冰凉的身体上。洗发乳、沐浴液、玫瑰精油、芦荟发膜……她一丝不苟地做着全套保养。这样的时刻，她要加倍疼爱自己。

张芊茹，你有自己的事业，有受人尊敬的职位，有足够养活自己的经济实力，你做得了自己的主人！

穿着浴袍、头上包着大毛巾重新站在镜子前，张芊茹努力想要挺直腰板，在镜子中欣赏自己完美的背部曲线。但只一瞬,她忽然觉得疲惫,天崩地裂的疲惫。踉跄着倒退一步,无力地扶住墙壁，身体瘫软得犹如一只被烤炙过的虾。

眼泪终于掉下来，罗卷益，你竟绝情至此！

在浴室门关上的那一刻，罗卷益的心沉到谷底。

他在心里低吼：张芊茹，你竟绝情至此！

为着这个艰难的摊牌，罗卷益思前想后、辗转反侧、久久难眠。没想到妻子竟然如此漠视、毫不在意。一句“无条件同意”，就把他一整晚的煎熬像踢掉一条毛毯一样扔在脚下。

此刻的罗卷益有着深深的懊恼，为着自己多年前的决定。

作为一个出身卑微的小城青年，张芊茹这样的女子曾是他心中理想的结婚对象。家世渊博，父母都是大学教授，受过良好的教育，名校毕业。再加上活泼漂亮、开朗大方等优点，他知道自己未来的妻子只能是这种类型。

读本科的时候，身边也有符合条件的女子出现，只是当时的罗卷益不过是一名穷学生，有什么资本和自信展开追求呢？一直等到他留洋归来拿到博士学位，成为众人眼中的成功人士，这个小城青年才有胆量去追求心目中的女神。

婚后的最初几年，罗卷益在张芊茹面前总有些小心翼翼。罗卷益太知道自己的弱点和软肋，从小在贫寒环境中长大，难免斤斤计较、目光短浅。再加上单亲家庭的特殊背景，敏感多疑、缺乏信任几乎是他与生俱来的宿命。

如果说，罗卷益的成长是一段漫长的黑夜，那么张芊茹的青春则是一片阳光灿烂的白昼。黑夜给了我黑色的眼睛，我却用它寻找光明。在罗卷益心里，张芊茹就是上帝送给他的一道光。

但是，白天不懂夜的黑。

像张芊茹这样成长于优渥家庭的女子，又怎能体会到一个三代单传的农村家庭对于传宗接代、延续香火的看重呢？更不用说，每一个凤凰男功成名就之后，内心都会升腾起的对于老婆孩子热炕头的那份隐秘渴望。

罗卷益甚至想，如果当初自己没有遇见张芊茹，是不是如今就会是另外一种局面呢？如果选择的是一个和自己成长环境相似的平常女子，是不是如今早就开枝散叶、让母亲过上含饴弄孙的日子了呢？

但是，这世上又哪来这么多的如果呢？小城青年罗卷益又怎么舍得放弃来自上帝的光亮呢？

# 三

李晶遵照罗卷益的安排，准时出现在了问诊室。

依然是一身黑色的连衣裙，只不过一头黑发被悉数盘在头顶，形成一个大大的花苞。整个脖子露了出来，犹如天鹅般的优美曲线。胸前挂了一串饱满晶莹的珍珠项链，耳朵上挂着同样质地的珍珠耳坠，左顾右盼之间，耳坠微微晃动、摇曳生辉。

李晶将一大摞检查报告递到罗卷益面前。十个手指甲都涂着珍珠粉色的指甲油，左手无名指上，一个硕大的钻石婚戒熠熠闪光。那颗钻石是如此硕大，以至于让罗卷益想起了传说中的鸽子蛋。让人意外的是，李晶的手指并不是想象中的纤纤玉手，相反，每个指节骨都微微有些凸起，撑得整个手掌像男人般的粗壮。

“医生，这是我全套的检查报告。”李晶富有磁性的声音将罗卷益的思绪拉了回来。

定了定神，罗卷益认真看完报告，抬头问：“你丈夫的报告呢？他人呢？”

“Mike！”李晶朝门外大声地叫了一声。立刻，一个穿着笔挺西装、戴着白色手套的高大男子走了进来。罗卷益记得，他就是那天驾驶玛莎拉蒂的司机。李晶朝Mike伸出手，Mike立刻毕恭毕敬地将一个大号牛皮信封放在李晶手上。

“这是我丈夫的体检报告，也是全套。”

“他人呢？”罗卷益又问了一遍。看看Mike，心想，不会这就是你丈夫吧。

李晶迟疑了，她用手撩了一下垂在脖子上的一缕黑发。“我老公忙……很忙，今天没有办法来医院。不过，我把他的体检报告都带来了。”

罗卷益不再说话，低头翻阅李晶递过来的报告。报告封面上姓名一栏并不完整，只打印了一个“陆”字，年龄一栏则清楚地印着“58岁”。也就是说，这对夫妻的年龄整整相差了三十岁！标准的老夫少妻啊，难怪会如此着急进行试管婴儿移植。

罗卷益的思绪又有些飘散了，自骂一句“无聊”，急忙看完手上的报告。所幸，夫妻双方的体检指标都正常。

“试管移植是需要夫妻双方配合就诊的。”罗卷益意味深长地再次向李晶重申。这个谜一样的女人，关于她的一切都如此与众不同。

李晶正欲开口，问诊室的门却被人推开了。一对夫妇走了进来，男的手上还抱着一个粉嫩的婴儿。男人亮开嗓门大声说："罗医生，我们今天要出院了，特地过来向您表示感谢。"男人身旁的妻子有些腼腆地说："我们特地把孩子抱过来给您看看，没有您就没有他啊。"

严肃的办公室立刻洋溢起欢乐的气氛。罗卷益走过去看着襁褓中的孩子，这是一个刚刚满月的男婴。罗卷益记得，这对夫妻来自阿坝藏区，丈夫叫扎西，妻子叫卓玛。在他这里初诊时，夫妻俩都已经年过四十。两人原本育有两个孩子，大儿子遭遇车祸身亡，二女儿长到十五岁又意外病故。接连遭遇丧子，夫妻俩痛定思痛，不得不求助于试管婴儿。

高龄夫妻的试管移植难度很大。罗卷益为这对夫妻制订了科学合理的治疗方案，在妻子移植成功后，又采用了中西医结合的保胎方案。中间几度出现紧急情况，好在罗卷益沉着应对，终究化险为夷。一路精心治疗，直到孩子平安降生，罗卷益悬着的一颗心才算落了地。

此时，小男婴从睡梦中惊醒，开始发出一连串细切的哭泣声。孩子就是天使，更何况是自己一手造就的成果。罗卷益觉得自己快被小家伙奶声奶气的哭泣融化了。

"他真是天使啊。"不知何时，李晶站在了扎西身边，低声感叹。

同感，罗卷益暗想。

"我能抱抱他吗？"李晶满脸期盼地望向扎西。

"行。"扎西连忙点头，藏家人就是豪爽。

小心翼翼地，李晶将小家伙抱在了怀中。她的手轻轻地拍打着小家伙的屁股，一边拍一边逗着他：“小乖乖，别哭了，大家都看着你呢。”小婴儿似乎听懂了李晶的话，很快，哭声没有了。再一会儿，竟然盯着李晶发出了“咯咯”的笑声。

这一幕，让藏族夫妇发出了会心的笑声。“我儿子喜欢你呢。”卓玛开心地说。

李晶没有抬头，继续逗弄着怀里的小婴儿。她那张有些孤冷的脸，此刻变得温暖柔和，像蒙了一层面纱的月光。罗卷益看得出了神，李晶忽然抬起头，望向他。四目相接，罗卷益发现，李晶左眼瞳孔边的那颗小圆痣盈盈闪烁，异常明亮。定睛看仔细，那分明是一层越来越温热的泪光。

罗卷益有些不知所措。他觉得面前的女人简直就是一个发光体，浑身上下洋溢着一种母性的光辉。这光如此耀眼，照得他的内心也有些湿润了。

罗卷益给李晶问诊的时候，并没有注意到，妹妹罗诗诗在他的办公室外一闪而过。罗诗诗是来验血的，和项目经理磨蹭了半天，才请到了两个小时的外出假。如今楼市不景气，销售人员日子不好过，项目经理压力大。这段时间业绩好不容易有所回升，一说请假，经理就脸色发黑。也难怪，说不定就在她离开的这两个小时里，潜在的大客户就不期而至呢。

其实，罗诗诗也不想在这个节骨眼上请假。她这个月的销售任务只完成了百分之八十，正指望着这段回暖期冲冲业绩。但是，这个假，她不得不请。一切都缘于今天早上的意外之举。

早上蹲马桶的时候，她忽然意识到，自己的例假已经过了快五天，还没有如约而至的迹象。以前也有例假延迟的现象，只是天数没有这次多而已。罗诗诗并不在意，无聊之下，顺手就拉开卫生间的壁橱，一眼就瞥见角落里躺着一根验孕棒。这根验孕棒是去年买来的，作为家庭常备药一直躺在那里无人问津。

恐怕过期了吧。诗诗拿起验孕棒，正准备扔掉。鬼使神差地，她看了看生产日期，离保质期还差一个月。那就把它用了吧，反正扔了也是白扔。于是，诗诗拆开了包装。几分钟后，验孕棒的结果让她惊出一身冷汗。两条鲜艳的红杠清楚地出现了，她竟然怀孕了！

怎么办？拿着验孕棒，她冲进客厅。丈夫郑海涛正在吃早饭，看着验孕棒，好半天才明白发生了什么事情。

是啊，怎么办？小夫妻俩，你看看我，我看看你，都有些茫然。

孩子，并不在他们的计划之中。

夫妻俩是城市中司空见惯的普通得不能再普通的小白领。诗诗是房产公司的售楼小姐，海涛在医院的收入也很有限。像所有来城市打拼的外地青年一样，他们艰苦朴素、勤俭节约，好不容易存下一笔钱，然后贷款买房、花钱装修、结婚入住。婚后，夫妻俩按部就班地还着月供，一年前，一咬牙又再度贷款，购买了一辆东风标致 508。每月数目不小的按揭款让夫妻俩生活得格外小心谨慎，不容有半点差池。但是有车有房的日子总是好的，这让他们找到了归宿感，自己终于在这座城市扎下了根。

而现在，孩子的意外到来，打破了按部就班的生活。罗诗诗第一个想到的就是自己的业绩奖金。售楼小姐的薪水全靠业绩提成，她怀孕后一旦不能完成业绩，家中的经济来源立刻缩减一半。想想每个月的房贷、车贷，诗诗只觉后背发凉。

“先别吓自己，去医院检查一下再说。”还是郑海涛冷静。

医院的验血报告显示，诗诗确实怀孕了。拿着报告，她从哥哥的办公室门口一闪而过，生怕被撞见。她迅速把报告卷起来，放进皮包里，不管三七二十一，先赶回公司，把这个月的业绩冲上去再说。

是夜，罗诗诗夫妻俩窝在沙发上商量对策。

诗诗煞有架势地拿着笔，在小本本上计算着。“我一个月的收入稳定在七千元左右，一旦因为怀孕完不成销售任务，每个月就只有八百元基本工资，这里面还包括了五险一金。怀胎十月，再加产假四个月，这就意味着我有十四个月只能拿八百元的基本工资。十四个月的休假，还意味着我今年的年终奖以及明年的年终奖都将受到严重影响，初步估计，光年终奖的损失就在五万元左右。”

“而你……”诗诗拿着笔夸张地指着丈夫，“你一个月的收入是六千五百元。我们每个月房贷四千元、车贷两千元，你的工资拿去交了月供之后就所剩无几啦。而这个家要维持正常运转，每个月柴米油盐、交通出行，怎么着也得有四千元的开销。一旦我的收入锐减，咱家的财政就将陷入巨大的危机中。到时候，我们俩将过着食不果腹、衣不蔽体的悲惨生活……”

海涛轻轻点了下妻子的脑门：“严肃点，咱这是在召开家庭常委会。”

“我哪儿不严肃了，常委同志。”诗诗伸出手，轻轻扭了扭老公的耳朵，“你是知道的，之前我们公司就有个销售怀孕了，经理知道后，立马把她调到后勤部门打杂。要知道，人家可是连拿好几个月销冠的能人。不到两个月，人家就辞职走人了。如果知道我怀孕了，还不知道那个冷血杀手要怎么对我痛下毒手呢。”

说到这里，诗诗不由得打了个寒战。“要不……”她嘟着嘴，把脸凑到丈夫跟前，“要不，这娃，暂时不要了？”

海涛看着妻子，一时拿不定主意：“你忘记了，我们还有七万元的存款。”

“我当然知道，但是你想想，如果用这笔存款来还贷，一个月六千，也只能还十一个月，剩下的一个月怎么办？再说了，居家过日子，手上总得有点积蓄以备不时之需吧。谁知道明天和意外哪个先到呢？”

妻子一通分析，让海涛更加为难了。“要不，再想想，别这么快做决定。”

诗诗叹了口气，看来也只能这样了。忽然想到什么，诗诗加重语气提醒丈夫：“怀孕的事情，暂时不要说出去，特别是我妈和我哥那边。你知道的，我妈想抱孙子都想疯了，要是知道我肚子里有了，非逼着生下来不可。”

诗诗将头靠在丈夫肩膀上，丈夫的肩膀宽阔温暖，带给她很大的安全感。管他呢，天塌下来，反正是两个人顶着。

# 四

接下HB公司的大单，思瑞专门成立了特别小组，张芊茹是当仁不让的组长。组员当然要精挑细选。为此，她列出了一个五人名单，这五人跟着张芊茹征战多年，个个都是独当一面的精兵强将。特别小组已经先期开过一次碰头会，大家摩拳擦掌，战斗力空前高涨。

但是这一日，汪季潮却把张芊茹叫到了办公室。他坐在大班台后，油汗的脸上是一副似笑非笑的表情，手上则下意识地转动着一支万宝龙钢笔。他详细地询问了HB项目的开展进度，然后看似无意地问到了五人小组名单。张芊茹耐着性子一一报出了五个得力干将的名字。

汪季潮手上转动的钢笔停了下来，一双三角眼在大班台上定格数秒，这是他陷入深度思考的标志性动作。然后，他抬起头，脸上依然是似笑非笑的表情，而嘴里却提出了反对意见。谁谁谁原有项目尚未结束，谁谁谁对接母婴用品欠缺经验，谁谁谁已经确定要接手其他新项目，五个得力干将当场被否定了三个。

不由分说，汪季潮拿起那支万宝龙，摘掉笔帽，“刷刷刷”，在纸上重新列出了一个五人小组名单。末了，还煞有架势地批上一句“请照此办理”。

张芊茹接过名单一看，更换的三人无一不是汪季潮新挖来的自家人马。原来，他早已设计好这一切。

不再争辩，争辩也无用。张芊茹露出了一记意味深长的微笑，眼皮也没有抬一下，转身走了出去。

回到自己的办公室，张芊茹的心情久久不能平复。机警的她，已然觉察到了一种危险。

功高震主。

张芊茹拿下 HB 公司，一定是让汪季潮感觉到了功高震主的威胁。即使这个人不过是他的下属，曾经在他最困难的时候鼎力相助，他依然毫不手软地拿她开刀。办公室政治归根结底就是人的政治，汪季潮从“人”下手，手起刀落，直奔命门。

张芊茹在自己这位上司身上嗅出了堂吉诃德的味道。这个受尽九九八十一难才得以晋升的业务员，从他爬上 CEO 的第一天起，就无时无刻不提防着来自四面八方的威胁。他为自己塑造了无数个假想敌，他只有在和假想敌的战斗中才能获得十足的安全感。雄性动物对领地有着与生俱来的控制欲望，为了守住得来的猎物，动物往往会变得比捕猎时更加迅猛、更加凶残。

张芊茹觉得乳房开始疼痛。这是老毛病，每当她生气、情绪激动时，乳房就会生出疼痛感。每年体检，医生都会叮嘱她，放宽心，少生气，这样才能避免乳腺增生。有一年，工作压力空前巨大，体检时，医生无奈地摇摇头，让她食指、中指并拢自行按压。“你感受下，是不是乳房下的颗粒像绿豆一样密密麻麻？我说啊，你得好好控制一下自己的情绪了，少生气，甚至不生气，让自己快快乐乐每一天……”

少生气，甚至不生气？谈何容易！职场求名逐利者，个个都是不撞南墙不死心的执拗之人。轻伤不下火线，一个区区乳腺增生算什么？滴滴 CEO 柳青一头撞在乳腺癌上，不也还硬撑着要重返岗位吗？成功是侥幸者的胜利。谁都知道，玩命工作搭上的是身体和健康，但是人人都心存侥幸，不相信自己就是撞在枪口上的那个倒霉蛋。

张芊茹做了几个深呼吸，感觉乳房的刺痛缓解了几分。她给自己倒了一杯热茶，按照养生文章上的介绍，一小口一小口慢慢喝着。此时此刻，她只能自己怜惜自己。

打破惯例，张芊茹在傍晚七点之前回了家。情绪的起伏和乳房的不适让她无心恋战，只想尽早躺回家中的大床上。

罗家的晚饭时间是傍晚七点。伴随着《新闻联播》的片头曲，保姆会准时把饭菜端上桌来。张芊茹是铁定缺席的，无他，为了在最容易发胖的年纪保持身材，张芊茹长期节食减肥，过午不食。

她的这个习惯让罗母老大不高兴。“人是铁，饭是钢，哪能动不动就不吃饭啊？多少得吃点，吧嗒几口也算啊！”

见自己的唠叨不起作用，老太太又改变策略，给儿子咬起了耳朵：“怀孕生子靠的就是身子骨，饭吃不好身体养不好，人瘦成麻秆秆儿，这可怎么怀孕生娃呢？”

无奈之下，罗卷益只得转过来给妻子吹枕头风：“你好歹吃点吧，让妈高兴高兴。”

可张芊茹偏偏就是意志坚定，闭紧嘴巴不吃一口。

为了获得晚饭的免吃权，张芊茹和婆婆有过很长一段时间的暗战。那段时间，只要张芊茹下班回家，餐桌上铁定摆着一桌大餐，挑衅般地发出诱惑的香味。从蒜泥白肉到蚂蚁上树再到虫草炖鸡，样样都是张芊茹爱吃的。每次回家，面对一桌香喷喷的美食，饥肠辘辘的张芊茹犹如遭遇肉体和精神的双重酷刑，苦不堪言。

为了避免自己经不住诱惑破坏道行，张芊茹开始故意延迟回家的时间。但是，不管她多晚回来，餐桌上的饭菜依然丰盛地对她抛着媚眼。而罗母则索性坐在旁边守着一桌饭菜，一边织毛衣一边平静地展开例行对话：

“回来了？没吃饭吧，快，赶紧来吃点。”

“菜凉了？没有关系，让保姆热一热，几分钟就好。”

“在外面吃过了？那就再吃点，权当夜宵。”

……

这样的婆媳暗战持续了数月之久，无数道美食佳肴被硬生生搁置成了隔夜饭菜。婆媳俩在这场战斗中，都表现出了良好的心理素质和坚强的意志力。最后，还是罗卷益出面调停，以张芊茹加班在公司吃晚餐为由，暂时平息了这场没有硝烟的战争。

对于张芊茹节食的毅力,闺蜜夏晓晨佩服得五体投地。“我是少吃一口就会饿得睡不着觉,你每天饿着肚子睡觉，那真是生不如死啊！”

“没有办法，我这个年纪，新陈代谢放缓，只能牺牲口福成全身材了。”

“你啊,真的是太爱自己了。”夏晓晨常常如此感叹,“你的身体里，还住着一个不肯变老的小女孩。”

此一役后,张芊茹总是尽量在《新闻联播》结束后回家。错开饭点，避免再为吃不吃这个问题生出事端。今天，张芊茹的提早回家，让罗卷益和母亲都有些意外。

母子二人正坐在桌边吃晚饭。没开电视，房间里除了两人咀嚼吞咽的声音，再无其他声响。

“吃了吗？”

“吃过了。”

和罗母简单的对话后，张芊茹一头扎进了卧室。没有开灯，她无所事事地坐在飘窗前，看着房间里的光线一点点暗下来。她发现，这个家是如此冷清，冷清得像一座乡村旅馆。

罗卷益吃完晚饭，陪着母亲看了会儿电视，这才拖拖拉拉地回到卧室。

“我要洗澡，你用卫生间吗？”罗卷益对张芊茹开口说。

张芊茹摇摇头，低下头继续刷着手机微信。

两人都没有意识到，这是他们夫妻俩在这一天里的第一句对话。自从上次摊牌之后，两人就维持着不冷不热的状态。不到万不得已，谁都没有开口说话的兴趣。

洗漱完毕，罗卷益穿着睡衣走了出来，掀开被子躺到床上。看看墙上的挂钟，谢天谢地，总算九点半了。

张芊茹跟着钻进浴室，一阵洗漱保养，爬上床，看看墙上的挂钟，谢天谢地，总算十点了。

夫妻俩在暗自庆幸中关灯睡觉。两人都选择了背向对方的姿势。张芊茹向左，罗卷益向右。这是一种刻意的默契，避免两人在枕头上四目相接、无话可说的尴尬。

张芊茹又感觉到了乳房的刺痛，那种来自乳房深处尖锐的疼痛，让她不觉全身僵硬。她努力回忆着医生告诉她的办法，把手放在发作的乳房上，开始自行按摩。力度要轻，速度要慢，要从痛点慢慢扩散到整只乳房。她能感觉到手指下，自己乳房的柔软和弹性。这是一只并没有衰老下去的乳房，它依然挺拔和紧实，像一朵盛开的大丽花。只是，这朵大丽花终究是寂寞的，无数的夜晚，它就这样盛开在黑暗中，无人采摘。张芊茹慢慢抚摸着，不知不觉，一滴眼泪滑落在了枕头边。

枕头的另一边，传来低低的鼾声。疲惫让罗卷益早早进入了梦乡。

罗卷益的梦乡里有一条有着绵长石阶的山路，石阶蜿蜒而上，隐没在一片茫茫白雾之间。有幽怨绵长的古琴飘来，他顺着琴声寻觅而去。脚下深深浅浅、沟沟坎坎，他一次次跌倒又一次次爬起来。琴声越来越近，忽然面前出现了一座关楼。那关楼屹立在两座山崖之中，红墙碧瓦、十分巍峨，于荒野群山中静静地俯视罗卷益。

关楼上，一长发女子，低着头，独自抚琴。女子穿着一身黑裙，在薄雾中显得飘忽不定。

琴声如诉如泣，罗卷益听得满心伤感。忽然，琴声戛然而止，抚琴女子消失不见了。罗卷益惊得原地做了一个360度的转圈，四下茫茫，何处是那女子的踪影？

正惆怅间，却见近处的台阶上，黑衣女子背对着她，若隐若现。他急急拾级而上，向那女子伸出手去，女子不曾转身，始终站在他无法触碰的地方。

罗卷益轻声问：“你是谁？”

女子听闻问话，缓缓地转过身来。薄雾在面前摇曳荡漾，遮住了罗卷益的视线，他始终无法看清楚黑衣女子的面容。

“你是谁？”罗卷益再度发问。

女子却忽然哭泣起来。那哭声犹如雨滴玉盘，清脆幽怨。

罗卷益奋力拨开薄雾，向女子走去。一边走一边呢喃："你是谁？你究竟是谁？"

忽然，他听到了女子低沉而富有磁性的声音："欠我的，记得还我。"

好熟悉的声音，罗卷益心里暗暗吃惊。

“欠我的，记得还我。”女子又重复了一遍。

罗卷益一伸手，竟然拽住了女子的手。那冰冷的，没有任何温度的手。

女子奋力挣扎，转身欲走。罗卷益死命抓住，不肯放手。女子猛一回头，缕缕青丝飘散下，一双眼盈盈发亮。然后，他就看到了那颗小圆痣，藏在左眼瞳孔边的，像泪水般闪烁的小圆痣。

哦。罗卷益长长吐出一口气。手一松，女子瞬间消失在台阶尽头的薄雾中。只剩下那颗小圆痣泪珠般闪烁在他的梦境中。

# 五

推开“生活之厨”的大门，张芊茹朝餐厅里环视了一圈。这是成都一家颇有名的西餐厅，由两位美国厨师创办，他们的甜品和牛排在白领中很受追捧。

下班之前，张芊茹特地补了一次妆，确保自己能以最佳状态出现在人前。她难免在心里感叹一番，毕竟岁月不饶人，一整天忙碌之后，皮肤松弛出油，非得精心拾掇一番才敢出来见人。哪像二十几岁的时候，即使通宵熬夜看小说，第二天跑出来皮肤也照样白里透红。

此时正是“生活之厨”一天中的黄金时间，餐厅灯光柔和，一位穿着小黑裙的年轻女子拉着小提琴，悠扬的琴声将整个餐厅的氛围烘托得很是温馨。在靠窗的橡木方桌边，看见了乔治，他微笑着向张芊茹示意。今晚与乔治相约，事先已经声明，是私事。

柔和的灯光下，乔治很是放松。一件黑T恤搭配牛仔裤，把长期坚持运动的身材勾勒得有型有款。乔治是典型的“ABC”，长着一张中国脸，但身形、气质却和普通的中国男性有着很大区别。按理，他一米七五的身高放在中国男人堆里并不算太突出，但是黑T恤下的肌肉群却让他在举手投足间，有了一种虎虎生风的运动气质。这是长期坚持运动和有节制的生活才会具有的身体状态。

乔治说话时，常常会有一些诸如耸肩、扬眉的习惯性动作，这是以英语为母语所养成的表达习惯，即使他说中文，脸上的表情也常常是英语式的。他喜欢对人微笑，倾听时会认真看着别人的眼睛，习惯说“谢谢”和“Sorry”。如此种种，曾让张芊茹半开玩笑半认真地说，看到乔治·王，就像看到了一部西式教育杰出成果的广告片。

乔治很绅士地起身，为张芊茹拉开对面的椅子。待她落座，还不忘夸她“今晚格外美丽”。张芊茹优雅地微笑，心中不免感叹，这世上如果多一些乔治这样的男人，女人们该快乐许多吧？

乔治为张芊茹点了一杯红酒。他说，张芊茹陪同他们考察的几天里，总是喜欢以红酒和别人碰杯。“我以前看过一篇文章，专家研究发现，喜欢喝红酒的女性比不喝红酒的女性平均要年轻十岁”。张芊茹哑然失笑，她举着红酒杯俏皮地对乔治说了一句“Of course”，又歪着头吐了吐舌头。乔治脸上的笑容灿烂得像春风吹过原野，他说：“Grace，你知道吗，你心里住着一个小女孩。”

这话，夏晓晨也说过。

张芊茹很夸张地点点头，不无幽默地补充道：“四十岁的小女孩哦。”

两人在笑声中碰杯。张芊茹知道，自己已经很久没有如此简单轻松过了。

愉悦的气氛中，乔治将话题引上正轨。原来，他想在中国收养一个孩子，希望能获得张芊茹的帮助。

张芊茹微微有些意外，想要询问些什么，又顾忌文化差异，怕引起乔治不快。

乔治倒是看穿了她的心思，主动介绍起自己的情况。“我在纽约有一个很温暖的家庭，我太太是美国人，我们有一男一女两个孩子。当然，孩子都是混血儿，很漂亮，很聪明。我是华裔，我父母都是中国人，所以一直以来，我和太太都想收养一个真正来自中国的孩子，带回美国，和我们一起生活。”

张芊茹很坦率地告诉乔治，在中国，一般只有无法生育的家庭才会想到收养孩子。中国人，是很看重血缘关系的。大多数父母对领养的孩子总是有些担心，毕竟不是自己亲生的，没有血缘关系，怕孩子和自己不亲。

“在美国，完全没有这样的顾虑。”乔治一脸轻松地摇头，“领养孩子对美国家庭来说是司空见惯的事情，你知道吗，美国是全世界领养外籍儿童最多的国家。我身边就有好几位朋友领养了外国孩子，我真的很羡慕他们。美国明星Angelina Jolie就收养了好几个外国孩子，其中一个还是柬埔寨难民。”

乔治的话，触动了张芊茹。她用手支着自己的下巴，问出了盘旋在心底很久的疑问："孩子……孩子对一个家庭真的那么重要吗？"

"在我的观念里，孩子和家庭是两回事。"乔治的回答让张芊茹很是意外，"在美国，也有很多夫妻没有孩子，他们依然生活得很幸福快乐。孩子不是家庭的需要，而是自己的需要。"

见张芊茹有些不解地看着自己，乔治歉意地说："真是抱歉，我的中文不够好，可能让你不好理解。这样说吧，我想收养一个中国孩子，不是出于家庭的需要，而是我自己的需要，是我内心的需要。我很希望去抚养一个生命，陪伴他慢慢长大，在他的身上看到我灵魂的一部分。这个过程很美妙也很神圣，经历了这个过程，你才能真正成熟和长大……Grace，很冒昧地问一句，你有孩子吗？"

张芊茹摇头。

"哦，这是你的选择，完全没有问题。但是如果你有孩子，你就会明白，孩子其实是来帮助你成长的。"

乔治的话犹如几颗金灿灿的种子，撒在了张芊茹的心里。她端起酒杯，没有送到嘴边又放了下来。"乔治，我有个大学同学叫夏晓晨，她在民政局工作，我想，她应该能够帮得到你。"

第二天傍晚，张芊茹没有回家，径直去了成都双楠一个高档小区，敲开了夏晓晨的家门。

双楠是成都有名的富人区，夏晓晨坐拥小区里一套复式大宅。无论是地段、户型还是实用面积，夏晓晨的家都堪称实打实的豪宅。房子是夏晓晨经商的前夫买的，两人离婚时，儿子判给了夏晓晨，前夫就把房子留给了她，让他们娘儿俩有个体面的居住环境。

离婚之后，夏晓晨把房子重新进行了装修，摒弃了之前诸如水晶吊灯、雪茄吧、金色墙纸等土豪味浓郁的设计，取而代之的是一种充满禅意的文艺风格。雪茄吧被改装成了一个禅茶室，一棵从云南布朗山空运而来的枯茶树被巧妙镶嵌在茶室中，这样精致的设计总是让客人们连声叫好，大赞女主人的好品味和独特眼光。

朋友们羡慕夏晓晨的豪宅，她却常常觉得房子太大不够温馨。儿子去了外语学校住读之后，这栋偌大的房子就只有夏晓晨一个人进进出出了。她半开玩笑半认真地对张芊茹说："我这下才真正体会到冷宫的滋味，不过也该知足了，冷宫、冷宫，终究还是宫啊，总比寒窑强多了吧。"

这就是夏晓晨。不管日子多苦多难，内心从来都很强大。

夏晓晨以茶招待张芊茹。爱喝茶、会喝茶，这是众所周知的夏晓晨的好品味。此刻，她为张芊茹泡的是云南布朗山的古树熟普。茶具用的是一套上等的骨瓷，白色的茶杯上烧制着唐代怀素和尚的狂草，衬着赭红色的茶汤，宛如一幅精致的工笔画。

夏晓晨一边泡茶一边介绍，这是七百年老茶树上采下的茶叶，没有任何农药成分，有机、纯天然。张芊茹接过茶杯，细细品味，醇厚绵长的口感让人唇齿留香。布朗山的茶叶最初就是由夏晓晨推荐给罗卷益的，他一喝就爱上了那种味道，从此只喝布朗山的茶，不做其他选择。

在好茶的烘托下，张芊茹三下五除二就说明了自己的来意。

夏晓晨告诉她，收养孩子可以去儿童福利院，外国人收养中国孤儿程序复杂些，以前需要半年，现在可能需要一年左右。

张芊茹没有想到，夏晓晨对这个事情还颇为熟悉。

"你还真问对人了，去年也有老外来中国收养孩子，我们单位一个同事还帮他咨询过。其实，老外收养中国孤儿的事情每年都挺多的，只不过你这个女强人没有闲心关心人间俗事罢了。"

"那这事你得上心，一定要帮乔治找到他喜欢的孩子。"

"这乔治有何等魅力啊，让张总您如此上心？不要怪我没有提醒你啊，你现在这个年纪可是女人最容易变坏的时候。"

"少八卦，我等良家妇女，行走江湖，片叶不沾身……"

两个女人一番笑闹之后，夏晓晨正色问她："你和你们家老罗现在怎么样了？你这都四十岁了，要不要孩子，得尽快拿主意。"

提到孩子，张芊茹的脸色有些黯淡了："中国女人都得过生孩子这一关吗？"

"全世界的女人都得过这一关。"

"既然是关，那肯定不好过。为什么不绕开，走一条平坦的路呢？"

"人生不能走捷径。"

说完，夏晓晨起身，从厨房里端来一盘自制的桂花糕。质地上乘的白瓷盘里，软糯的糕点被切成小巧的四方形，再撒上金黄的桂花瓣，俨然一件艺术品。这是张芊茹最喜欢的零食。

"我至今没有找到生育孩子这件事情的意义。如果是为了维护家庭的稳定，那么多有孩子的家庭不也离婚了吗？是为了实现所谓人生的完整吗？可我没有觉得自己现在的生活是残缺的啊。如果是为了传宗接代、延续生命这样伟大的意义，我不过是一个平凡的个体，我的基因也没有优秀到非要在人间遗传下去。你我这个年纪的人都体会过人生的艰辛和苦涩，那又何必把一个无辜的生命带到人间，让他含辛茹苦呢？"

张芊茹拿起一块桂花糕，看了看，却又没有什么胃口。"更何况，对于女人来说，生育带来的各种弊端甚至是灾难，那可是看得见、摸得着的。你会为此耽误自己的事业，会身材走样、加速衰老，在漫长的抚养孩子的过程中，还有许多想象不到的艰辛磨难在等着你。如果没有一个能够说服自己的理由，我是真的没有动力去做这件事。”

夏晓晨端着茶杯的手一直停在胸前，她安静地盯着张芊茹，是那种洞悉一切、X光般的深邃目光。沉默良久，她才开口：“生育不需要意义，它是一种动物本能。当一个女人爱着一个男人时，爱的本能会让她为男人传宗接代。”

“你是说，我没有这样的本能？”

“你是没有这样的爱。”

回去的路上，张芊茹特意将车窗摇了下来。初秋的风持续吹拂着她的长发，撩拨得她的思绪愈发纷乱。城市的夜色灯火阑珊，有点迷离，有点忧伤。打开收音机，声音低沉的男主播正在主持一个情感节目，那种低沉得如同沙漏的声音，在温柔如水的夜色里，让人有一种想哭的冲动。

已经快九点了，但是张芊茹却不想回家。她下意识地一打方向盘，将车开上了二环高架桥。二环高架是这座城市的新生事物，它的出现，为人们提供了一个全新的角度去重新审视自己生活的这座城市。每当内心困顿、无从释怀的时候，张芊茹就将车开上二环高架，在这个上不沾天、下不着地的环形建筑上,她可以暂时脱离现实生活,获得精神上的休憩。

白色的奥迪Q5在城市半空中孤独绕行着,耳边是男主播低沉得有些神经质的声音,他在讲述着一个爱情不将就的故事。张芊茹忽然觉得这个男人的声音很是性感,犹如情人用浊重的呼吸在你耳边低语。张芊茹想起来了,这个男主播叫冯乔,是成都本地颇有知名度的电台主播。在她大学时代,冯乔的夜间节目曾是女生寝室每晚必听的催眠曲,没有想到,这么多年过去了,这个男人依然还坐在电波的那一端。

在时下热播电视剧《何以笙箫默》里,有一句台词:如果你曾经遇到过那么一个人,那么其他人都会变成将就,而我,不愿意将就。爱情不将就,才愿意痴守七年,然后重新开始。赌输了时间,却赢了未来与你在一起的分分秒秒,那么分离就不是考验,而是恩赐……

冯乔近乎絮叨地读着这篇文章,翻来覆去,张芊茹只记得"不将就"三个字。作为职场打拼的中年女性,张芊茹甚至连"何以笙箫默"这个名字都没有听过,但是此刻,这个爱情不将就的故事却让她格外心动。

"你是没有这样的爱。"

夏晓晨的话又在耳边响起,张芊茹有些懊恼夏晓晨这种看透世事、洞悉一切的聪明。

不知何时,电波里那个有着浓厚文青味道的故事结束了，冯乔的声音懒懒的，似乎刚才的播送已经耗费了他所有的激情。他说，原本为大家准备了电视剧《何以笙箫默》的主题歌，但是此情此景他却想起了另外一首歌曲，一首也许大多数人都不热衷，却是他此刻内心真正回荡的音乐。

华丽的序曲响起来，只一秒，张芊茹就知道，这是《今夜无人入眠》。高亢的咏叹调在耳际穿行，张芊茹下意识地伸出手调高音量，整个车厢都回荡着帕瓦罗蒂金丝绒般的歌声。

时光忽然回来了，十八年前锦城艺术宫灯火辉煌的舞台，那个穿着燕尾服的男人引吭高歌，唱的正是这首《今夜无人入眠》。张芊茹穿着丁字皮鞋坐在第一排，痴迷地凝视着舞台上光芒四射的男人：国字脸、挺直的鼻梁、深情的双眼。她想，今生不嫁给这个男人，她会死的。

但是她终究没有嫁给他。她也没有死。在这个男人移民美国的第二年，她嫁给了从美国归来的罗卷益。这是皆大欢喜的结局，穿上婚纱的那一天，她对镜子中的自己说，不许哭，你还有事业。

情感有很多种，天崩地裂是一种，细水长流是另一种。十五年，她和罗卷益共同生活了足足有十五年，这漫长的岁月犹如一台绞肉机，将彼此的肉身搅拌得血肉模糊，而情感却变得血肉相连、难分彼此。不就是没有轰轰烈烈爱过吗，那又怎样？

# 六

罗诗诗开始出现孕吐反应。早晨，她趴在马桶上剧烈地呕吐，海涛心疼地拍着她的背。吐完，接过丈夫递过来的漱口水，一边漱口一边说："我刚才可是喝的新西兰进口牛奶，八十元一斤呢，就这样吐掉了，真是心痛。"

"那我再给你热一杯，弥补一下？"

"算了，吃了等下又会吐，不要浪费公共资源。"

临出门，海涛记起了一件重要的事情。他折返回卧室，将一个小布包交到诗诗手里。诗诗打开一看，是昨天刚买的防辐射背心。这是海涛陪着她去商场专柜挑选的，反复对比了几款之后，海涛执意买下了价格上千元的这款加强型。诗诗有些舍不得，觉得价格太贵。再说，这孩子要不要，现在还没有决定呢。

海涛当场黑了脸。不管要不要，他在你肚子里一天，我们就要尽到责任！

海涛开车，送诗诗上班。小两口又忍不住讨论起孩子的去留问题。诗诗有些困惑地说："他现在还是我身体里的一个细胞，如果说我对他有多大的感情，还真谈不上。但他毕竟是生命，他会长大、会有手有脚、有脑袋有思想，如果我们结束他的生命，对他是否公平呢？”

海涛的脸上很是无奈：“这几天我也在想，以我们目前的经济状况，如果把他带到这个世界上，真的无法给他提供一个良好的成长环境。在我们都没有做好准备的情况下，就贸然把他生下来，对他，是否也是一种不负责任呢？”

小两口陷入了沉思中。家家有本难念的经，人生在世，不就是为解决问题而来吗？

路上遭遇堵车，罗诗诗急匆匆赶到公司，把大拇指按在指纹打卡机上，谢天谢地，还差一分钟就算迟到了，一百元大洋终于保住了。

进入办公室，同事们正在商议周末的集体出游。

“去海螺沟吧，可以泡温泉，还可以爬雪山。”

“去熊猫基地吧，可以看滚滚，多好玩啊。”

“还不如去峨眉山，爬山、拜佛、禅修一条龙。”

一位同事看罗诗诗不说话，推推她：“诗诗，你今天怎么深沉了，给点意见好不好，你可是出了名的大耍家。”

诗诗有些心不在焉：“你们定吧，我周末家里有事，没有办法和你们一起玩了。”

此时，主管大踏步走了进来。“同志们，开工了，开工了，不要再闲聊了。这个月的业绩大家一定要做好最后阶段的冲刺，大家一定要拿出反败为胜的气势来！排除万难，争取胜利，打败敌人，勇争第一！耶！耶！耶！”

主管伸出肥硕的大手，比出一个胜利的手势，不停调动大家的情绪。办公室轻松的气氛立刻转变，一种战斗般的激情弥漫在空气中，同事们纷纷比出剪刀手，回应着主管的热烈。

诗诗神情黯然地回到自己的座位上，打开电脑，依次从手提包里拿出笔记本、水杯以及那件防辐射背心。她把背心捏在手里，悄悄地环顾四周，一番思想斗争后，又重新放回了手提包里。

此时，一阵恶心忽然涌上心头。诗诗快步疾走，冲进卫生间，对着马桶一阵狂吐。那种翻江倒海的呕吐感，让她几乎没有了清醒的意识。好半天，她才缓过神来，缓缓站起来，走到洗手台边漱口洗手。抬起头，诗诗看见了镜子中的自己，湿漉漉的脸，因为水肿和疲倦显得异常苍白。

她下意识地摸着自己的肚子，手指一圈又一圈地在小腹上画着圈，心中升腾起无数疑问和困惑：小乖乖，你告诉我，应该怎么办？

夏晓晨联系好了儿童福利院，张芊茹领着乔治准时到达。福利院在城市郊区，三环路之外。不大的院落里，种植着几棵桂花树。正是初秋时分，满树金灿灿的桂花怒放，整个院子都弥漫着醉人的香气。以桂花树为中心，环形修建着三栋四层楼房。最靠左的那栋楼房里，几间教室敞开着，能听到孩子们的读书声以及钢琴弹奏的乐曲声。

福利院的马主任热情地将他们迎到了自己的办公室。这是一个五十开外、身形肥胖的老太太，言行举止总是让人想起影视剧里的“马列主义老太太”。她说自己二十多岁就在儿童福利院工作，三十多年来在这个院子里看尽了人间的悲欢离合，“几十年的工作，我就只有一句话，这人间哪，没有不可爱的孩子，只有不可爱的爹妈。”

马主任从抽屉里拿出一个牛皮信封，对着乔治认真地说：“晓晨领导给我说了你的情况，我们觉得这是一件很有爱心的事情，我们如果能够帮助乔治先生完成这个心愿，也算是做了一件积德的善事。”

说完，马主任从信封里取出了几张孩子的照片，一一向乔治介绍。这些孩子都是一至五岁的小女孩，每个人的身世都让人唏嘘。有父母双亡的，有刚出生就被遗弃的，还有个孩子出生没几天就被直接放在了儿童福利院大门口。

乔治很认真地听着马主任的介绍，对每一张孩子的照片，都会端详良久。放下照片，他对马主任说：“我能去看看这些孩子吗？”马主任爽快地答应了。

马主任领着乔治一行朝左边那幢教学楼走去，远远地就看见桂花树下站着一个小女孩。女孩四五岁的年纪，剪着蘑菇头，身上的毛线裙子有点旧了，歪歪斜斜地穿在身上像挂了一只米口袋。女孩踮着脚尖、仰着头、小鼻子朝上使劲翕动着，她一直保持着这个姿势直到马主任走到她身边。

“小铃铛，在干什么呢？”马主任问。

名叫小铃铛的女孩也不转头，继续维持着这个姿势，只是用稚幼的声音说：“我在闻香香。”

乔治没有听懂小铃铛的回答，疑惑地望向马主任。

“她说，她在闻香香，就是闻桂花的香味。”马主任用带有浓厚四川口音的普通话向乔治解释。

“小铃铛，你是不是又从课堂上跑出来了？要被老师批评了哈。”马主任看着小铃铛，皱着眉头高声说。

小铃铛终于把脸转过来了，这是一张犹如苹果般粉嫩的小脸，特别是一双大大的眼睛，像两扇打开的窗户。她嘟着嘴，一脸不服气地说：“上课不好玩，花花才好玩，那么香的花花，不出来闻一闻，多可惜啊。”

马主任无奈地摇摇头，继续向前走。倒是乔治对这个孩子产生了浓厚的兴趣，他回头望向小铃铛，只见小姑娘又踮起脚尖，认真闻起了花香。

“这个孩子不太讨人喜欢啊。”马主任向乔治抱怨，“小铃铛是我们这里出了名的捣蛋鬼，常常不听大人的话，喜欢自作主张。就像现在，明明应该上课，她偏偏要跑出来闻什么花香。有一次，也是上课的时候偷偷溜出去了，我们把整个福利院翻了个个儿都没有找到，值班的老师都被吓哭了。结果呢，她一个人躲在楼顶上和一群鸽子聊天，聊得忘乎所以。”

乔治和张芊茹不禁哑然失笑，想着这孩子还真是有些特别。张芊茹询问起小铃铛的身世，马主任禁不住叹了口气：“说来，这孩子倒也可怜，没有满月就被父母遗弃了。当时，她的脖子上用红绳系着一只小铃铛，所以大家都叫她小铃铛。”

哦……乔治若有所思，嘴里重复了一遍“小铃铛”。

隔着教室的窗玻璃，乔治和张芊茹把马主任推荐的几个孩子都看了一遍。一位老师正好有事，把马主任拉到墙角，嘀嘀咕咕咬起了耳朵。乔治和张芊茹索性趴在栏杆上，看着院子里的小铃铛。

此时的她已经放弃闻香香了，不知从哪里跑来的一只小黄猫，正乖乖地躺在她脚下。她伸出小手，一边抚摸着小猫的背部一边和它说着话。过了一会儿，她用手摸摸小猫的额头，又摸摸自己的额头，小嘴里嘟囔了几句。张芊茹忍俊不禁，转头对乔治说：“小家伙不会认为是小猫发烧了吧。”乔治耸耸肩，脸上是一副被童趣感染的表情。

只见小铃铛认真地把小黄猫抱起来，轻轻地搂在自己怀里。她极力模仿着妈妈抱孩子的姿势，不时用脸贴贴小猫的脸，再用小手拍拍小猫的屁股。

张芊茹的心忽然被触动了。儿童们的游戏往往是内心世界的投射，这个被遗弃的小女孩内心渴望的，正是一份来自母亲的体贴和爱。

“过家家。”张芊茹几乎脱口而出。

什么？乔治的中文水平让他无法明白这三个字的意思。

“Play house.”张芊茹改用英文。

乔治听懂了，看着小女孩，发出长长一声叹息。

教学楼里忽然跑出来一位老师，个子高高的，烫着一头密集的小卷发。她大声嚷嚷：“小铃铛，你又逃课啦，快，赶快给我回到教室去！”小铃铛愣了一下，抱着猫咪不肯就范。犹豫了几秒钟后，她忽然撒腿就跑。

“你给我回来，你这个死丫头！”老师一边追一边怒吼。孙悟空终究逃不出如来佛的掌心，很快，小铃铛就被老师拦腰抱住。老师作势要抱走她怀里的小猫，小铃铛死也不松手。师生二人展开了拉锯战，几个来回之后，小猫终于被老师死死拽在了手上。

老师继续怒吼：“你竟然逃课和野猫玩，我告诉你，你以后休想再见到这只脏猫！”

这句话激怒了小铃铛，她踮起脚尖，不顾一切地去抢夺老师手里的小猫。

老师把手一抬：“你还敢抢？你还敢抢！这还有王

法吗？”

小铃铛终于发现，在强大的老师面前，自己是多么无能为力。于是，她猛地扑上去，朝老师的手腕上狠狠咬了下去。院子里传来老师的尖叫声：“小铃铛，你敢咬我？！”

盛怒中的老师忽然一扬手，把手中的小猫狠狠摔在地上。随着一声闷响，小猫连惊叫一声都没有，就此瘫倒在地上一动不动。

小铃铛被眼前的情景吓呆了，粉嫩的小苹果脸上已经没有了血色。她“扑”的一声趴在地上，把下巴搁在沙土里，和小猫眼睛对着眼睛：“小咪、小咪，你怎么了？疼不疼？疼不疼啊？”

小猫一动不动，没有任何反应。小铃铛伸手握住小咪的前爪，使劲摇了摇，还是没有反应。小铃铛预感到大事不妙，终于，她扯开喉咙，发出了撕心裂肺的哭声。

目睹了这一切，张芊茹只觉得脑门一阵发热，血往上涌。想也没想，她从楼上直接冲到了院子里，一把把小铃铛搂在了怀里。她冲着那位老师低吼：“你怎么能这样对待孩子？！”

小铃铛在张芊茹的怀里放声大哭，一边哭一边喊：“我要小咪，我要小咪……”

不知何时，乔治已经来到了身边，他颤抖着手抱起奄奄一息的小猫：“还有呼吸，赶快去宠物医院！”

乔治开车，朝最近的宠物医院疾驰。张芊茹抱着小猫坐在后排，小铃铛依偎在她身边，不停用嘴给小猫流血的伤口吹气："小咪，马上到医院了，马上就到了……"

有些尴尬的马主任坐在副驾驶的位子上，也许是她觉得当着外国友人的面闹出这么一场风波，有损福利院形象，一路上她不停地向乔治解释："那位老师可能今天情绪不好，平时这样的事情很少在福利院发生。"

乔治也不吭声，一路黑着脸将车开到了宠物医院。宠物医生手忙脚乱地开始急诊，飞奔着将小猫推进里间照X光片。小铃铛一直躲在张芊茹的怀里哭哭停停。她用小手拽着张芊茹的头发，低声说："阿姨，求求你，一定救救小咪，小咪的妈妈爸爸都死了，它好可怜的。"

张芊茹紧紧抱着小铃铛："放心，阿姨一定会救活它的。"

检查结果出来了，小猫前脚粉碎性骨折。医生对乔治说，幸亏送医及时，否则它会因为失血过多而死亡。看着小铃铛挂着眼泪的小脸，医生说："你女儿很喜欢这只小猫吧，以后孩子和小动物玩的时候要多加注意，不能再把小动物弄伤了。"

乔治想解释什么，张了张嘴，却又不再说话。

小猫要住院治疗一周，乔治支付了全部费用。他和张芊茹商定，一周之后，接小猫出院。

把马主任和小铃铛送回福利院，站在桂花树下，乔治很认真地对马主任说："马主任，我想好了，我想领养小铃铛。"

马主任有些意外，一张圆脸上好半天才挤出笑容："乔治先生，小铃铛的调皮你今天也见识过了，我怕她给你添麻烦呢。"

乔治用不容置疑的语气说："我决定了，就是她了。"

# 七

早上翻看今日预约病人目录时，罗卷益看到了李晶的名字。罗卷益为她精心制订了治疗方案，进展顺利，目前已经进入了试管婴儿的特殊周期。试管婴儿的一个周期即一次治疗的所有步骤。从前期检查阶段、促排卵、取卵取精、移植，直到胚胎移植十四天后验血验尿，确认是否妊娠。而罗卷益为李晶制订的特殊周期，则是一种根据李晶身体的具体情况而制订的改良方案。

看着李晶的名字，罗卷益有几秒钟的走神。他想到了那天晚上，梦中出现的黑衣女子。他有种预感，冥冥之中自己和这个女人似乎有着一种神秘的联系。

开始叫号接诊，罗卷益有些心神不宁。他不停地喝着红茶，精神却怎么也集中不起来。他时不时地朝门边看一眼，下一个推门的病人会是她吗？罗卷益内心有种忐忑的情绪，他不知道自己是期待看到她，还是害怕看到她。

整整一个上午过去了，李晶并没有如约而至。中午临下班前，助手张勇整理完上午的接诊记录。“罗主任，今天只有一个预约病人没有来。”

“是李晶吧。”罗卷益脱口而出，“她今天是MC（月经）第十二天，正是排卵检测的关键时期，她怎么能在这个节骨眼上不来医院呢？”

张勇微微有些吃惊。面对海量的接诊病人，医生能记住病人的名字就已经是件稀罕事了，没有想到，罗卷益竟然会将一名病人的周期情况烂熟于心。

罗卷益意识到了自己言语中的不妥，他掩饰般地伸手拿起了李晶的治疗档案，随手翻看了几页。“她的卵泡催生得很好，很快就可以取卵了，如果她今天不来继续检查，这个周期就只能终止了。”

“那，要不要我给她打个电话？”张勇试探性地问。

罗卷益犹豫了一下，摇摇头：“按照惯例来吧，如果到了下午三点还不过来，我们再做决定吧。”

中午，张勇陪罗卷益在食堂吃午餐。一班医生护士看到罗卷益，立刻让出了位子。“罗主任，坐这里，坐这里，好久没有和您共进午餐了。”医院里的医生护士都很喜欢罗卷益，罗卷益也乐意和大家打成一片。

端着餐盘，罗卷益坐到了一堆年轻人中间，大家挤在一起有说有笑，气氛好不热闹。护士王小佳凑到罗卷益面前，神秘地眨着眼睛说：“罗主任，听说你最近收了一个富豪女？”

罗卷益没有明白过来，似笑非笑地看着面前的小护士。

“听说，她每次来就诊，乘坐的都是玛莎拉蒂！”

众人不约而同地发出一声惊呼。

“我还听说，她每次来看病，身边总有一个颜值爆表的男佣，帮她携带病例本、检查单据！医生需要什么资料，她低声呼唤一下，那个男佣就立刻双手递上来。”

“哇，这个派头不要太夸张了吧。”麻醉科的小邓是上海人，他用带有浓厚上海腔的普通话追问，“那，这个女人长得如何？年轻吗？”

“我怎么知道，我又没有见过。”王小佳朝着小邓就是一通白眼。

“漂亮，漂亮，很漂亮，还很年轻。”张勇冷不丁补了一刀。

众人一阵哄堂大笑。

小邓煞有介事地开始分析：“一个又年轻又漂亮的女人，拥有这样的豪车和派头，那就只有两种可能。一种呢，是睡她的男人很牛B，另一种呢，是睡她妈的男人很牛B！”

在众人的哄笑声中，王小佳用胳膊碰碰旁边的罗卷益：“罗主任，她是您的病人，您给分析分析，这女人究竟是属于哪一种呢？”

众人把期待的目光齐刷刷投向罗卷益。出人意料地，罗卷益竟然显露出了几丝腼腆。为了掩饰自己的窘境，他低头猛扒了几口白米饭，言辞含混地说：“没太注意，没太注意，平时病人太多，真没有注意到她。”

对面坐着的助手张勇，夹菜的筷子停了几秒，然后低下头，继续若无其事地吃着饭。

下午两点，罗卷益又坐在办公室里。他觉得异常的疲倦，太阳穴有些滞胀，眼皮也沉甸甸的。多年来，罗卷益都有午休的习惯，每天繁重的工作，必须依靠中午的小憩来补充体力。可是今天中午，他却失眠了。躺在午休椅上，怎么也无法进入睡眠状态。脑子里像放电影般，一会儿是大家对李晶七嘴八舌的议论，一会儿是他那个缥缈的梦境，再然后，又是对李晶失约的诸多猜测。

她该不是发生什么意外了吧？罗卷益忽然冒出这个想法，"嘣"的一声，他感觉一股热血涌上脑门，后背随即透出一股密密麻麻的冷汗。这午觉，真的没法睡了。

中午不睡，下午崩溃。

罗卷益觉得自己已经走到崩溃的边缘，他让张勇沏来一杯浓茶，没头没脑地一阵猛灌。他对自己心生懊恼，罗卷益啊罗卷益，你已经四十五岁了，怎么还像个怀春少女一样多愁善感呢？一个背景复杂、来路不明的女人怎么就把你搞成这样了？要知道，你已经不是当年那个贫穷木讷、没见过世面的乡下孩子了，你是留洋博士，是全国有名的医学专家，是堂堂三甲医院的中层领导，是有身份、有地位的社会精英！

想到这里，罗卷益心里忽然涌动起万千酸楚。回顾自己已经逝去的前半生时光，除了教室里的学习、实验室里的实验、医院里的问诊，他的生活竟然是一片空白！他没有真正谈过恋爱，更没有被女人爱过。虽然他在三十岁准时结了婚，虽然他娶了一个自己满意、母亲满意的高贵媳妇，但是他清楚地知道，自己没有爱过。

甚至，他的第一次也是那么荒唐，荒唐得像一部蹩脚的黑色小说。那是他二十九岁的生日，他在美国攻读博士学位的最后一年。没有人记得那天是他的生日，连他自己也忘记了。晚上在实验室做完实验，他才忽然记起来，今天自己已经二十九岁了。可是，我他妈还是一个处男！这让他为自己感到了深深的悲哀。

此时，实验室的黑人管理员 Rose 小姐推门进来，问他还有多久能结束离开？Rose 是一个有着丰乳肥臀的四十岁女人，平时两人碰面不过是点头说一句“Hi”，罗卷益对她的一切都一无所知。但是在这一天的这一刻，罗卷益一改平时亚洲学生的严肃拘谨，他向 Rose 投去一个极其暧昧的微笑，视线顺着她黝黑的面庞一直向下移，停留在饱满丰硕的乳房上。黑人女性的胸围原本就是亚洲人无法比拟的，平时罗卷益看见大胸的黑人女性总有一种吃多了奶酪的腻味感，但是此刻，他觉得 Rose 的胸脯大得刚刚好，不多不少，正好可以承载他二十九年来无处安放的情欲。

罗卷益在实验室明晃晃的灯光下完成了自己的第一次。

Rose 的头像母狮子一样晃动着，眼珠向上翻过去，只露出一片眼白。从罗卷益的角度看过去，身下的女人永远对他翻着无法满足的白眼。Rose 放肆地呻吟，抓住罗卷益的臀部，执意让他“come on, come on...”终于，罗卷益还是坚持不住，败下阵来。他挂着一额头的汗水，有些委屈有些无辜地看着自己身下黝黑肥硕的女人裸体。Rose 伸出手指，在他裸露的屁股瓣儿上轻轻拍打着，一边拍一边戏谑地称呼他为“little boy”。

罗卷益像个赌气的孩子，有些不服气地从 Rose 身上爬下来。Rose 不再理他，俯身从桌下拾捡起被扔在地上的白色内裤，在她翻转内裤的一刹那，罗卷益清晰地看到，在那条白色内裤的裆部，有一大摊黄褐色的污迹。作为生殖医学的博士生，罗卷益可以马上判断出，这是由于女性分泌的酸性物质长期浸染布料所造成的。这一发现，让罗卷益忽然胃部不适、几欲呕吐。他觉得脏，内裤脏、Rose 脏、自己脏，连带自己的第一次，也是这样龌龊肮脏。

好在呼叫器的叫号声把罗卷益从万劫不复的回忆中拉了回来，下午的第一个病人已经坐在了面前。这是一个四十开外、皮肤黝黑、身形肥硕的乡下女人。罗卷益像遭遇电击般，本能地站了起来。他吩咐张勇：“你先问下病人的情况，我出去打个电话。”说完，逃跑似的大步走出办公室，一直走到大楼背后那个小花园。

小花园确实很小，是被几栋大楼背后包围住的一小片空地。空地上种植了几棵乔木，中间开辟了一个不大的花坛，花坛里种了些廉价的花草。平时无人照料，却定时花开花落，从不间断。病人很少到小花园里溜达，渐渐地，这片空地就成了医护人员的专属领地。谁要想来透透气，谁要打几个不想让外人听见的私密电话，都会第一时间冲进小花园。

此时的小花园很安静。刚上班，大家都在忙，只有罗卷益一个人站在这里，像逃课的小学生。他深深地吸了几口气，感觉自己清醒了许多。经过一中午的折磨，此刻的他想让自己立即得到解脱。他拿出手机，快速地在键盘上输入了一个电话号码。他被自己吓到了，什么时候把李晶的电话记得如此烂熟？

电话很快被接听。“喂……”听筒里传来李晶那低沉的、充满磁性的声音。

罗卷益忽然就语塞了，所有的勇气似乎在接通电话那一刻就消耗殆尽了。

“是罗医生吗？”倒是李晶又开了口。

“哦，对，对，是我……”罗卷益极力让自己的声音听起来自然一点，“你的预约时间是上午，如果今天不来复查，整个周期就只能停止了。”

“抱歉啊，罗医生，让您久等了。我现在正在赶往医院的路上，希望能在下午把耽误的检查补上。”李晶虽然言谈中连说好几个抱歉，但是她的语气里却没有丝毫的歉意。

罗卷益本来想告诉她，按照医院的规定，上午的预约是不能延迟到下午的,这会打乱整个就诊工作的进度。但是，张开嘴，他说的却是：“好吧，我等你。”

他，就是无法拒绝这个女人。

三点半，李晶推开了办公室的门。她穿着一件白色亚麻长袍，脖子上挂着一串由贝壳组成的项链，配上黑色飘逸的长发，闪亮得犹如一道月光。罗卷益忽然就想到了台湾作家三毛，那个他大学时期曾经喜欢过的女作家，就有这种波西米亚的范儿。

李晶坐在椅子上，没有任何解释，只是安静地看着罗卷益。罗卷益有些不敢直视面前的白月光。他低下头，以最快速度给李晶重新开具了抽血单、B 超单。把单子递过去的时候，他和她四目相对，他极不自然地移开目光，似乎在等待下一位病人。

直到李晶起身离开，两人都没有一句对话。一切都在沉默中进行，似乎两人之间已经有了一种经年累月的默契。

助手张勇默默地在就诊记录上写下李晶的名字，斟酌了好久，他还是开口提醒罗卷益：“罗主任，李晶是上午预约的病人，现在临时加塞儿到下午检查，检查结果估计在下班之后才出得来。”

罗卷益这才意识到，自己的唐突决定将带来一连串的连锁反应。他果断地说："我来盯结果吧，你可以按时下班。"

剩下的几个小时里，罗卷益忽然觉得神清气爽了。之前的焦虑、期待、患得患失统统消失，犹如大热天冲了一个凉水澡。

果不其然，快六点李晶才拿到检查单，此时已经超过了门诊下班时间半个小时。门诊区忽然安静下来，走廊上那些常年坐满病人的木质长椅全部空了出来，在夕阳的照射下，曾经被无数肌肤磨砺过的木头纹理散发出一种幽光。罗卷益坐在办公室里，听到走廊尽头响起一阵急促的脚步声，他想，她来了。

推门的人果然是李晶。她逆着夕阳的光亮走进来，白色的长袍微微飘扬，罗卷益觉得自己犹如置身梦境，耳边仿佛传来教堂唱诗班的歌声。

"罗医生，您还在啊，我还担心您已经下班了呢！"李晶的脸上忽然露出一个灿烂的微笑，这是罗卷益第一次看到她的笑容。

"刚好有事，所以还没有走。"罗卷益一边轻描淡写地说一边伸手索要李晶的检查单。李晶急忙跨前一步，低下腰，将单子双手递过来。做这个动作的时候，她那一头浓黑厚重的长发滑了下来，以一个优美的弧度轻轻撩过罗卷益手背。罗卷益的手微微有些颤抖，费了好大劲，才让自己镇定下来。

检查结果显示，李晶卵泡促排效果比较理想，左右两侧卵巢的卵泡已有十二个。根据卵泡的生长趋势，三四天之后，就可以进行取卵手术。李晶对这一结果十分满意，脸上的神情彻底放松下来。

“不过，作为医生我还是要提醒你，这样密集地进行移植手术，对身体肯定会造成损害。你才二十八岁，这么年轻其实是用不着这样着急的。”罗卷益语重心长地告诫她。

李晶轻轻地点点头，却不再言语。空气里一阵尴尬的沉默后，李晶忽然提议：“罗医生，要不一起吃个便饭吧。”

罗卷益显得很是腼腆，把头摇得像拨浪鼓，连声说：“不用了”。李晶却很执着：“今天太麻烦您了，不是您的话，我的整个周期都得停下来。就一起吃个便饭，我知道附近有家素菜馆叫枣子树，环境还可以。”

罗卷益知道自己内心是想说好的，也许是害怕对方看出自己的渴望，他从表情到语言都拒绝得格外坚决。“真的不用了，我今天晚上有事，还要加班呢，不然也不可能在这里等你……”说着说着，罗卷益就觉得自己泄密般地无法自圆其说了。

李晶面容沉静，只是不再坚持，说了几遍“谢谢”之后，转身告辞。

罗卷益装着收拾桌子上的文件，对李晶的告辞表现得并不在意。但是他的心却像做了一个失重的自由落体运动，“铛”的一声跌到了谷底。

演员最惨的时候，是谢幕之后。

罗卷益觉得自己这一天过得犹如电影情节，情绪几起几落之后，转眼就散场了。所有的焦虑、期待、患得患失立刻作废，他又回到了自己的世界中，那个由规则、习惯和责任组成的、落满灰尘的藩篱里。

颓然地，罗卷益跌坐在椅子里。

# 八

一周之后，乔治履行承诺，接那只小猫出院。小猫前脚还缠着绷带，因为在医院里过上了被精心照料的生活，一周之内体重竟然增加了两斤。乔治贴心地为小猫带来了一个好看的宠物出行箱，那是他前一晚特地吩咐秘书采购的。看着这个出行箱，张芊茹由衷地感叹："乔治，你可真是个合格的猫爸爸。"

宠物医生告诉乔治，小猫虽然出院，但是由于缠着绷带，日常生活还需要有人照料，暂时不能进行野外放养。这可让乔治为难了，他在成都租住的是公司统一安排的涉外公寓，平时早出晚归，只有一个钟点工来打扫卫生，根本没有条件照料受伤的小动物。

"交给我吧，我爸妈退休后一直想养只宠物，这次正好了。"张芊茹为乔治解了围。

下班后，张芊茹把小猫带回了娘家。她的教授父母把毕生的精力都奉献给了教育事业，退休后，老两口一直住在大学校园的专家楼里。这是一栋两层的小别墅，绿树环绕，但外观却显得颇为陈旧。张芊茹曾经考虑给父母在郊区买一套适合养老的大套房，但是遭到了父母的断然拒绝。张父一再表示，自己一辈子在高校工作，已经习惯了大学校园里的生活，搬到别处，实在无法适应。张芊茹心里明白，父母真正放不下的，是专家楼带给他们精神上的满足和荣誉感。他们这一代知识分子，内心真正看重的，不是物质利益，而是社会对自己价值的肯定和尊重。

得知女儿要带一只受伤的小猫回来，老两口几个小时前就忙开了。张芊茹的教授爸爸兴冲冲地跑到附近的超市，精心挑选了一篮子的猫粮和猫砂。张芊茹的母亲则在家里，指挥保姆把阳台一角收拾打扫了一番，为小猫的到来做好准备。

当小猫从宠物箱里放出来那一刻，老两口眼睛里都放着光，宝贝心肝的一阵呼唤。小猫也不认生，被张母抱在怀里，竟然一动不动，只用一双琥珀色的大眼睛专注地凝视着面前的老奶奶。

"你们简直把它当孙子了。"张芊茹打趣地说，内心却猛地疼痛了一下。父母年过六旬，却没有像其他老人那样，过上含饴弄孙的生活。环顾这栋收拾得干干净净的专家楼，窗明几净里总有一种冷冷清清的落寞。

"小茹，前段时间不是听说你们要去做试管婴儿吗？现在进行得如何了？"母亲一边逗弄着小猫一边问女儿。

“哦，我工作太忙，还没有开始。”张芊茹回答得有些含混。

“你已经四十岁了，还要不要孩子，必须早做决定了。”母亲把小猫交给保姆，自己则坐在了女儿的身边。

一贯矜持的父亲此时也忍不住加入了谈话。“关键要和卷益沟通好，孩子是夫妻两个人的事情，但是又不仅仅是夫妻两人的事，他牵涉双方的家庭甚至社会关系等各种复杂因素。你们是成年人，有自己的价值观和人生观，我们不好过多干预。但是作为你的父亲，我还是要一再提醒你，在这个问题上，一定要和卷益多沟通、达成一致意见。”

“你们想抱孙子吗？”张芊茹抬起头，很认真地望着父母。她忽然发现，在要不要孩子这个问题上，她一直在乎的是自己的内心感受，却忽略了父母的感受。

父亲和母亲彼此对望了一眼，最后，还是母亲开了口：“小茹，你是我们的独生女儿，我们希望你的每一个人生决定都是理性、正确的。我们做父母的，不会给你带来任何压力，更不会去左右你的生活。”

正聊着，阳台上忽然传来一记“哐当”声，小猫打翻了保姆给它端来的饮水盆，水洒到它打着绷带的伤腿上，疼得小猫一阵哀号。老两口见状，心疼地双双冲到阳台上。母亲抱着小猫不停地安慰：“乖孩子，不怕不怕，让你姥爷给你重新换绷带哈。”张芊茹的教授父亲从家里的医用箱里找出绷带，小心翼翼地给小猫的伤腿更换。一边换还一边安慰着瑟瑟发抖的小可怜：“乖孩子，很快就好了，姥爷动作很快的。”

看着父母为这只流浪猫忙碌的身影，张芊茹忽然觉得莫大的辛酸。她的父母，太寂寞了。

乔治打来电话，他有些兴奋地告诉张芊茹，自己收养小铃铛的程序已经正式启动了。而小铃铛得知小猫出院，一直嚷嚷着要去看看自己的好朋友。“Grace，我这几天要出差，你能把小铃铛接过去看看猫咪吗？福利院已经批准我带小铃铛外出的申请了。”

“没问题。”张芊茹爽快地答应了。眼前浮现出了小铃铛那张可爱的圆脸，这一次，她的内心升腾起了一种前所未有的柔软感觉。

张芊茹的父母又忙开了。张父亲自出马，去超市里买来一堆五颜六色的糖果和零食，还顺带买了一个毛毛熊公仔回来。张母则指挥保姆更换菜单，要做几个适合小孩子胃口的、容易消化的菜。

末了，张父对女儿说：“卷益好久都没有过来了，今晚把他叫上，我们好好吃一顿团圆饭。”

张芊茹从手机里调出罗卷益的号码，犹豫不决。抬头看着父母忙得不亦乐乎的状态，她终于按下拨出键。张芊茹在电话里把事情的前因后果给罗卷益介绍了一遍，最后她说：“爸让你过来吃饭，团圆饭。”

罗卷益稍一迟疑，随即答应下来。张芊茹知道，从小失去父亲的罗卷益对自己的父亲总有一种天然的亲近感，再加上父亲在学术界的权威和地位，更让罗卷益生出了几分由衷的敬畏。

张芊茹把小铃铛带回家的时候，罗卷益已经在客厅里和岳父摆开了对弈的棋局。张芊茹的父亲是有名的好棋之人，常年参加各种象棋比赛，在四川的象棋圈里颇有名气。罗卷益成为张家女婿之后，张父就多了一个棋友，每次女婿来家里，两人都要捉对厮杀一番。罗卷益其实对象棋并无太大兴趣，当初和张芊茹谈恋爱，为了赢得未来岳父的认同，他开始苦学象棋技艺。一段时间的紧急恶补之后，他才有胆量和张父上阵对弈。

小铃铛初到陌生的家庭，显得很是拘谨。她怯怯地躲在张芊茹的身后，只探出半个头，警觉地看着面前陌生的老奶奶和老爷爷。张母急中生智，弯下腰对她说：“小铃铛，欢迎你，小猫在这里养伤，这里就是它的家。你是小猫的好朋友，也可以把这里当成自己的家。”

“我没有家……”小铃铛嘟着小嘴，一脸委屈地说。

张芊茹一把把小铃铛搂在怀里，迅速地分散她的注意力：“小铃铛，还不快去看看小猫，看看它恢复得怎么样了。”

此时，小猫站在阳台的门框处，抬头怔怔地望着小铃铛。它似乎认出了自己的好朋友，开始“喵喵”地叫唤起来。小铃铛拘谨的小脸上终于有了笑容，她向小猫跑过去，“扑”的一声坐在地板上，左看看右看看，伸出手慢慢抚摸小猫的背部。小猫听话地躺倒身体，尽情享受着小铃铛的抚摸。四周的大人，都发出了会心的笑声。

张芊茹没有想到，一个四岁小女孩的到来，会给陈旧冷清的专家楼带来如此热闹活泼的气氛。丰盛的饭桌上，小铃铛渐渐没有了陌生感，她恢复了活泼好动的天性，给爷爷奶奶讲她和福利院小猫小狗的故事，讲她逃课上楼顶和鸽子聊天的趣事。说到高兴处，两位老人就会发出响亮的笑声，张母更是一把搂住小铃铛连声说：“乖乖，你真是奶奶的小乖乖啊。”

看着这一幕，张芊茹感慨万千。她不由得朝罗卷益看了一眼，而罗卷益也正好回看着她。

张父兴致很高，他取出了一瓶珍藏多年的红酒，要和罗卷益小酌。张芊茹轻声提醒父亲：“爸，你有高血压，不能喝酒。”

“我今天高兴，少喝一点不碍事。”张父取出红酒杯，给自己和罗卷益都斟上半杯。

罗卷益站起来，双手举着杯子对岳父说：“爸，难得您今天这么高兴，我先敬您一杯。”

“好，好，好，难得高兴，来干杯。”张父正在兴头上，不顾女儿的劝阻，执意地饮下大半杯红酒。

不知什么时候，小铃铛已经坐到了张母的大腿上。张母捏捏小铃铛的圆脸：“你看，你真是我们家的开心果，你来了，爷爷奶奶多开心啊。”

“是的，孩子是会给家庭带来很多快乐的。”罗卷益冷不丁接了一句。

张母看看女婿，又把目光转向女儿：“芊茹啊，上次不是听说你们要去做试管婴儿吗？是不是工作忙又耽误了？”

罗卷益张开嘴正要说什么，却被张芊茹抢了先。张芊茹说：“前段时间确实有点忙，不过现在忙过了，试管婴儿的事情应该可以开始了。”

说完，她意味深长地看了一眼身边的丈夫。罗卷益略一迟疑，马上接话道：“是的，我这几天正在安排这件事……”

人的一生要做出很多选择，但是关键性的却只有那么几个。就在张芊茹选择重启试管婴儿之际，罗诗诗却做出选择，放弃肚子里的孩子。这个决定，在她清晨醒来、在床上辗转好几个回合后，忽然变得异常坚定。

“你决定了？”海涛用手捧着妻子的脸，顺带将她额头上的发丝掠到耳朵后面。

“嗯。”诗诗很严肃地点头。

犹豫不决的海涛提了个要求:“给我半天时间,让我再好好想想。”

恰好这天上午,海涛值特殊周期的B超门诊班,这是他内心深处非常抗拒的一项工作。特殊周期的B超不同于普通的妇科B超,无一例外,全部是阴道B超。虽然多年的历练已经让他对阴道B超习以为常,但是在内心深处,他对这项工作还是有着很深的抗拒。

八点半,B超室外已经排起了长队。看到坐在B超机前的是一个年轻的男医生,排队的妇女们热烈地议论开来。

一个烫着满头小卷发的中年妇女说:“看这个小伙子长得还很帅,咋会来当妇科医生呢,肯定是上大学的时候成绩不好,被迫选了这个专业。”

另一个年岁更大的女人嘟哝着:“虽然我是四十好几的人了,但是让这么一个年轻的小伙子做阴道B超,还真是有点不好意思。”

一个化着浓妆、梳着冲天发辫的年轻女子一边嚼口香糖一边说:“其实我挺同情他的,长年累月给女人做阴道B超,即使范冰冰站在他面前,估计他脑子里也只想到器官解剖图。”

年轻女子的话引来女人们的一阵哄笑。

这笑声让海涛感到异常烦躁。作为男性妇科医生,他早已经习惯了女患者们对他投来的异样的目光,但是此刻,在幽暗的B超室里，他还是有了一种想要夺门而逃的冲动。没有人知道，海涛在最初的那几年，常常会在梦中看见女人们嘲笑的脸庞，醒来之后，总是一身冷汗，心情沮丧。

海涛清楚地记得，自己接待的第一个B超患者是一个三十岁左右的女人，那是他在康华医院正式上班的一周之后。他坐在B超机后，将一个避孕套撕开套在探头上，他努力让自己看起来镇定自若，但是拿着B超探头的手却禁不住微微发抖。

女患者躺在妇科检查床上，迟迟不肯脱下裤子。海涛等了半天，终于轻声说："从左边裤脚把裤子脱下来。"女病人愣了一下，似乎没有听清楚他说什么。于是，海涛又重复了一遍。

女病人犹豫着，却始终没有动作。最后，她用一种近似于哀求的语气说："医生，能不能让一个女医生给我做B超啊。"

海涛的脸微微有些发红了，似乎是自己做错了事情一般。最后他说："医院人手紧，这三天B超室都是我值班，女医生要等到三天之后了。"

无奈之下，那个女病人终于配合了。但是她表现得异常紧张，浑身肌肉僵硬，海涛试了几次，都无法顺利地把探头放进女子的阴道里。

"放松，放松。"他用尽量和蔼的语气开导女人。最后终于找准时机让探头顺利进入，但是只要探头一转动，女子就大呼小叫一直喊疼。

那一次B超检查，让海涛像经历了炼狱一般，几分钟后就浑身大汗。从那之后，不管有没有必要，他都会习惯性地在套上避孕套的探头上再喷上一点润滑剂。女同事们都夸他对待工作细致认真，只有他自己知道，他仅仅是害怕女人再在他面前喊疼。

尴尬之外，甚至还发生过更为激烈的冲突。

那是去年六月的一个上午，天气很热，在B超室排队的病人显得异常烦躁。一个脸上有着黑色胎记、从乡下赶来的中年女人因为插队和其他病人发生了争执。她的丈夫，一个脸色黝黑、声音浑厚的男人扒开围观的人群，站在胎记女身后也加入了骂战。室外的吵闹让海涛不得不放下B超探头跑出去看个究竟。见是一个五大三粗的乡下男人和一群女人对骂，海涛不以为然地对他说："这位兄弟，你是男人，能不能少说两句。"

"就是，就是，你堂堂一个大男人，和我们女人吵，有意思吗？"身边的女人们纷纷附和着。

那男人见此状况，只得闭了嘴，只用一种愤愤的眼神瞪了海涛几眼。

海涛也不在意，转身进入B超室继续工作。

不一会儿，就轮到胎记女进来做B超了。那女人走进来，用一种诧异的眼神看着坐在仪器边的郑海涛。海涛头也没有抬，机械地说："躺在检查床上，从左边裤脚把裤子脱下来。"

胎记女愣了一下，没有动。

海涛合上记录本，拿出一个避孕套，准备撕开套在探头上。"还愣着干什么？赶快脱裤子啊。"

胎记女的身体忽然动了一下，从牙缝里挤出三个字："二流子！"然后她猛地冲出了B超室，拉着丈夫一阵嚷嚷："不得了了，里面男医生耍流氓，让我脱裤子，连避孕套都拿出来了！"

她的丈夫闻言，牙齿咬得"咯咯"作响，握着铁锤般的拳头就冲进了B超室，朝着海涛就是一记铁拳。海涛瞬间从椅子上跌坐在地上，身边的检查仪器轰然倒地。

室外排队的女病人"哗"的一声全都拥进了B超室。

"住手！你给我赶快住手！"

"不好了，郑医生被打了，赶快喊保安来！"

"你这个乡巴佬，为什么打我们的郑医生？！"

一群女病人将那个男人团团围住，七嘴八舌地对他进行声讨。男人眼红脖子粗地嚷嚷着："为什么打他？他喊我老婆脱裤子，还拿出了避孕套！"

"你个乡巴佬没有文化，做阴道B超哪个不脱裤子，不脱裤子咋个检查得到？”

“你不晓得B超探头都要套避孕套哇？不用避孕套，那个探头不晓得带有好多病毒哦！”

“你不懂就先问清楚，不要听到你老婆说风就是雨！”

男人的嚷嚷声招来了女人们新一轮的声讨。

那男人也不死心，还在争辩：“我晓得，我咋个不晓得，但是他一个男人要喊我老婆做这些事情，就是不安好心！”

“你放屁哦，现在男医生做妇科检查的多得很，你咋那么封建哦！”

“现在不光是检查，连接生都有好多男医生，说人家不安好心，我看是你自己心里黑暗啊！”

“你晓不晓得，我们这里的女病人全部都是郑医生在检查，人家正派得很，医术又高，你这样打人家，是要坐班房的哈！”

女病人们围着打人的男人七嘴八舌地嚷着，海涛从地上爬起来，看着病人们如此真心地维护自己，心里忽然涌上一种温暖的感觉。这群女病人把自己身体最隐秘的部分袒露在他面前，这是一种非常状态下的信任，因着这份信任，他和这群女人之间，有了一种近似于亲人的情感联系。

最后，冲突以保安将打人者扭送到派出所结束。因为这件事，海涛在医院有了一个外号——妇女之友。

海涛的发小兼死党在听闻这次风波后半认真半开玩笑

地问他："当了妇科医生，你还能对女人有感觉吗？"海涛只是一个劲儿地傻笑，他除了笑，说不出一个字来。

都是人，都是正常的男人，他常常为自己感到难堪和委屈。第一次和诗诗上床，他从取出避孕套的那一刻起，就有种置身B超室的尴尬。他努力让自己投入，迎合诗诗的每一个要求，但是内心深处却有一种莫名的烦躁。他的脑袋里总是浮现出那个幽暗的、晃动着无数女人下体的可怕空间。那是他的牢笼，他无法脱身。

护士的叫号声让海涛从混乱的思绪中回过神来。他机械地开始工作，从显示屏里观察病人子宫的情况，内膜多厚？左边卵巢多大？有多少个卵泡？最大直径多少？右边卵巢多大？有多少个卵泡？最大直径多少？

他机械地重复着各种数据，严肃认真、不容闪失。

这就是他的生活。

生活是什么？生下来，然后活着。它是一台庞大的永动机，人不过是这台机器上的一个零部件而已。你必须按照既定的程序精密运行，才能跟上机器的节奏、找到自己的安身立足之地。

但是，你内心的感受呢？那些喜怒哀乐的纠结、七情六欲的困顿，它们又将被置于何处呢？在一台庞大的机器面前，它们是如此卑微，卑微得连你自己都不得不将它轻易忽略掉。

床上的病人起身，以一种笨拙的方式站起来，背对着他穿上褪下的内裤。在这尴尬的时刻，海涛难受地把脸别到另一边。他清楚地知道，诗诗的选择是正确的。生活的机器“轰隆隆”向前，他们手忙脚乱地追随而去，这个意外到来的孩子，还没有进入机器冰冷的运行程序之中，他们必须舍弃。

# 九

罗卷益将自己和张芊茹的体检报告铺在办公桌上。报告单有厚厚一叠，这是他和张芊茹用了一周多的时间所进行的全面检查。现在，结果出来了，他像赌场老手展开一副扑克牌一样，将这些报告单依次铺展开来。染色体核型分析报告、女方乳腺彩超、腹部彩超、血沉、免疫全套、生化全套……

这些检查是罗卷益再熟悉不过的了，每天坐诊，他都要阅读大量的体检报告，从这些数据的上升和下降中，分析病因、对症下药。而此刻，报告单上的名字换成了他和妻子张芊茹，那些熟悉的数据忽然变得异常沉重，每一个偏高或者偏低的提示，都让他胆战心惊。

张芊茹坐在罗卷益对面那张为病人专设的椅子上，她很少看到丈夫有如此凝重的表情。轻声问了一句："情况怎么样？"见丈夫没有回答，就不再吱声。

罗卷益用了十分钟,将夫妻俩的检查报告仔细阅读完。不用任何思考，以他的专业素养可以马上做出判断，男方生育能力正常，女方存在诸多生育障碍。子宫动脉血流阻力偏高，容易造成胚胎发育缓慢或者胎停；抗配偶淋巴细胞抗体偏低，容易导致流产；卵巢功能有衰退迹象，卵泡生长不理想……

“唰唰唰”，罗卷益在病历本上飞快写下了自己的治疗方案。写完满满一页，他紧缩的眉头才开始缓和下来。他拿着病历本给妻子耐心地解释：“子宫动脉血流阻力偏高和抗配偶淋巴细胞抗体偏低，是造成你前两次胎停、流产的病因，我们做试管婴儿首先就要解决你复发流产的问题。好在这两项的治疗还算简单。而卵巢功能衰退、卵泡不理想和你的年龄有很大的关系。作为医生，我的建议只有一条，那就是争分夺秒、抓紧时间，尽快启动试管婴儿周期。于你而言，时间就是一切。”

张芊茹轻轻地点头。早上还睡在枕边的男人，一转眼就成了不容反驳的权威。夫妻变为医患，这种角色的转变，让她感觉颇为新奇。

新奇的事情接踵而至。

张芊茹从不知道，封闭抗体免疫治疗的方法竟然如此富有“人文情怀”。是的，她就是用这四个字来形容这项治疗的。先抽取丈夫的血液，进行血清分离之后，再将其注射到妻子体内。如此重复有三，直到妻子的身体里产生出能够接纳丈夫胚胎的抗体。

“这是真正的水乳交融、血脉相通啊。”张芊茹感叹道。

说这句话的时候，张芊茹正跟在罗卷益的身后，向发血室走去。这是秋日里一个阳光明媚的早晨，金色的阳光撒下来，让张芊茹的脸上有了一层柔软的光亮。罗卷益回头看着妻子，禁不住打趣说：“你还是个文艺青年啊。”

“文艺青年”是罗卷益当年对张芊茹的昵称，这种多愁善感、富有文艺浪漫情怀的女性特质让常年和生化实验打交道的罗卷益迷恋不已。“文艺青年”是年轻的罗卷益对另一个世界的向往，那个世界是花朵绚烂的温室花园，是浪漫宁静的世外桃源，那个世界里站着高傲的公主张芊茹。

抽血的时候，张芊茹安静地站在罗卷益身后。针眼扎进丈夫的血管，鲜红的血液从体内源源不断地流向一个玻璃管，这些血液将在几个小时后流进她的身体内。张芊茹轻轻地把手放在丈夫的肩膀上，隔着棉质衬衣，她依然能感受到这个肩膀的宽厚与温热。她低下头，看着丈夫的头顶，她很少以这个角度去凝视自己的丈夫。头发还算茂密，没有出现这个年纪的男人司空见惯的“地中海”。只是，黑发中已经夹杂了星星点点的白发，在光线的照耀下异常醒目。张芊茹的内心荡漾起一层温柔如水的怜惜。

她想，一对男女能在一起共同生活十几年，不是没有原因的。

几个小时后，张芊茹重新回到发血室，等待接种丈夫的血清。发血室外的长椅上已经坐满了等待接种的女病人，女人们三三两两地聚在一起，有种同是天涯沦落人的亲近感。

张芊茹右手边围着三个女人，其中一个女人穿着西装套裙、戴着金丝眼镜，显得颇为知性。她说："我都三十七岁了，不是国家把二胎政策放开了，我才懒得生呢。我老公一直想再要个孩子，以前政策不允许不敢生，现在政策放开了，可我年纪又大了，还不知道能不能成呢。"说完，她把头转向一个身材高大、性格外向的女人："许二姐，你这次情况怎么样？"

许二姐说话声音十分洪亮，一看就知道是那种在社会底层摸爬滚打、带点江湖气息的女人。"我这次取了三十二个泡泡，配成了二十一个，但是有腹水，当天不能移鲜的，医生就让我先养着，结果第五天来看，养成的囊只剩两个了，其他全部被养死了！现在医生把那两个囊冻起来了，也不知道一个月之后还能不能移啊。哎，我这几天瞌睡都睡不好，天天拜观音求菩萨保佑我。"

许二姐的话让张芊茹一头雾水，她觉得这个女人嘴里蹦出的词语既像火星文又像黑社会的暗语，在她还没有反应过来的时候，一个穿红裙子的年轻女子就接话说："许二姐，别灰心，都走到这一步了，再怎么样也要熬到最后啊。"

张芊茹用一种诧异的目光注视着这群进行试管移植的女人，她们年龄各异，从服饰和言行举止上看，很多人的文化程度都不太高。但是只要她们聊到自己的试管移植情况，个个都能侃侃而谈，各种术语和省略语张口就来，比医护人员还显得专业。

就在张芊茹出神之际，她身边的一个留着蘑菇头的年轻女子忽然转过头，一脸紧张地对她说："姐，我好紧张啊，马上要轮到我接种了，我怕痛。"

张芊茹安慰她放宽心，两人开始有一搭没一搭地聊起了天。

女孩叫赵小莉，来自小城中江县。她已经做了三次试管移植了，却都以失败告终。"我辞了工作，在医院旁边租了房子，把所有的精力都花在这个上面了。姐，试管婴儿真的是一件折磨人的事情啊，这已经是我的第四次了，如果还不成功，我都不知道还有没有毅力坚持做第五次。"

"你丈夫怎么看呢？"张芊茹很好奇地问。

"他的态度很坚决的，反正他娶老婆就是为了传宗接代，如果我不能为他生儿育女，他又何必和我浪费时间呢？"赵小莉说着说着，眼睛渐渐红了。

未等张芊茹开口，那个大嗓门的许二姐就接了话。她说："小莉啊，做姐姐的不得不劝你了，对男人不要百依百顺，要看开一些，男人都他妈是些贪心的家伙。我们家那个死鬼，连带他头一个老婆生的，已经有仨孩子了。可是他还不罢休，还逼我再给他生一个，说是要让村里那些看不起他的人知道，他多有本事！生、生、生，他难道把我当成老母猪了吗？多生猪崽多卖钱吗？”

许二姐的话把大家都逗笑了。有和她相熟的女病人跑过来捶她的背说：“许二姐，你把我们都骂了哦，我们不都是老母猪了吗？”

在大家的哄笑声中，护士呼叫张芊茹的名字。

张芊茹坐到了采血窗口前，把右手伸到了护士面前。罗卷益站在她身后，低下头告诉她：“这是皮下注射，有疼痛感，你如果觉得疼可以叫、可以哭。”

“有那么严重吗？”张芊茹轻描淡写地看了丈夫一眼，心里的潜台词是，你也未免太小看我了吧。

张芊茹是抱着文青般的浪漫情怀来接受这项治疗的，但是当护士把针扎进她的血管，开始注射血清的时候，巨大的、皮肉分离般的疼痛猛然向她袭来。所有的浪漫情怀一瞬间灰飞烟灭，五官即刻扭曲变形，左手本能地一把抓住了身边的丈夫。与其说是抓，不如说是掐。她修剪得尖尖的指甲深深地掐住了丈夫的胳膊，似乎这是一条传递痛感的通道，她掐得越深，自身的疼痛就越轻。丈夫的胳膊，是疼痛的汪洋中漂浮过来的一根稻草，她要抓住、死死抓住。

酷刑般的疼痛终于结束。张芊茹两只手臂的内侧，分别鼓起了四个小皮球般的包，里面流淌的就是来自她丈夫的血液。张芊茹发现，疼痛已经让她在不知不觉间泪流满面。一低头，却发现丈夫的手臂上赫然出现了五个渗血的指甲印。

“这是我掐的？”她有些半信半疑地问。

“不是你是谁？”罗卷益一边回答一边朝护士要来一支棉签。

“那你为什么不吭声呢？”张芊茹嘟起嘴，像个做错事的孩子。

“行了，别纠结了，这点痛我还忍得住。快十二点了，饿了吧，想吃什么，说吧。”

“大排档！平时吃惯了酒楼餐厅，我忽然好想吃大排档！”

罗卷益开车，载着刚刚遭受折磨的妻子去寻找大排档。张芊茹对丈夫说出了自己的真实感受：“我怎么觉得这些来做试管婴儿的女人自成一个小社会呢？她们嘴里的各种词语像黑社会暗号一样，什么泡泡啊、囊啊、冻啊、鲜啊，只有那个圈子里的人才听得懂。”

罗卷益微微一笑，他耐心地给妻子解释：泡泡就是卵泡，囊就是囊胚，是受精卵五至七天后的终极阶段；冻就是冷冻程序，就是把囊胚冷冻起来备用；鲜是指鲜胚，就是新鲜结合的、没有冷冻的胚胎。“这些称呼都是试管病人之间相互交流形成的一套约定俗成的词汇。如果说移植病人有圈子的话，你还真说对了，她们真的就形成了一个圈子，这个圈子里的女人有点同病相怜的意思，彼此之间更能够理解各自的感受。”

罗卷益还特地提醒妻子：“等你把整个移植的程序走一遍，就很容易理解这个圈子了。”张芊茹有些不可思议地摇头：“刚才坐在长椅上看着她们，我就在想，这里好多人的生活圈子都和我没有丝毫交集，如果不是因为做这个试管婴儿移植，估计一辈子我都不会和她们有任何接触。”

罗卷益左转方向盘，将车开进人民公园附近一条僻静的小巷子。他继续着刚才的话题：“不光是病人有圈子，围绕我们生殖中心甚至形成了一个产业链。比如说，来做移植的外地病员比较多，在医院附近就形成了一个短租公寓的市场，据说生意火爆异常。再比如说，病人取卵后要多喝冬瓜汤，于是在医院外面每天卖冬瓜汤的小贩都络绎不绝。”

张芊茹轻轻地笑出了声：“没有想到你们生殖中心生意这样火爆啊，简直成了经济增长的新引擎了。”

罗卷益有些感叹地说：“我们生意的火爆就预示着人类未来的悲哀。前段时间一项调查显示，我国的不孕不育率从二十年前的2.5%～3%攀升到12.5%～15%，也就说每八对育龄夫妇，就有一对面临生育问题。80后不孕不育夫妻数量逐年上升，70后夫妻生育能力明显下降。现在不孕不育问题已经不是一个单纯的医学问题了，已经成为一个突出的社会问题。随着人类生育能力的持续减弱，我对人类未来的命运真的感到悲哀。”

罗卷益一边为人类未来担忧，一边准确地将车停在一个不起眼的小面馆前面。他转过头问妻子：“还记得这家店吗？”

李记怪味面！张芊茹差点惊呼起来：“它还在啊，我以为都关门了呢。”

这家面馆，是张芊茹和罗卷益共同的记忆。他们刚谈恋爱那会儿，就经常光顾这里。那个时候，张芊茹在广告公司辛苦打拼，为了节省上班时间，她在公司附近租了一间公寓，公寓楼下就是这家面馆。两人压完马路回来，常常走进这家面馆吃一些夜宵，这里的招牌怪味面曾是罗卷益多年来的最爱。

甚至，罗卷益的求婚，也是在这家面馆进行的。

那是他们恋爱一年之后的一天傍晚。张芊茹在公司加班，罗卷益就坐在楼下面馆里安静地等待。夏天的黄昏空气闷热，很快，几声惊雷之后，就下起了瓢泼大雨。张芊茹一路用公文包遮着头顶，向面馆的方向跑去。远远地，她看见前面出现了一个熟悉的身影，是罗卷益打着伞、沿路寻找她而来。那个年代，手机还是富豪专享的大哥大，要寻找一个人，还得身体力行、不畏辛劳。

罗卷益一把将张芊茹拥在伞下，张芊茹被雨水湿透的身体紧紧依偎着罗卷益。这一刻，她觉得前所未有的温暖。张芊茹禁不住又想起了那个在舞台上引吭高歌的男人。此刻的他，已经远在大洋彼岸，那是一个她无法到达的世界。不管有多么痛苦和不舍，她已经失去了他。于是，张芊茹伸出双手，把罗卷益紧紧地搂住。人，总要珍惜现实的温暖才行。

两人一路小跑冲进了面馆。热心的老板一边为两人煮面条，一边对张芊茹说："你老公心疼你呢，我说下这么大雨，就不要出去了，可他偏不听，朝我借了伞就跑出去找你了。"

张芊茹坐在油腻的桌子边，安静地看着半边身体淋湿的罗卷益。罗卷益有些不好意思地说："老板，我们还没有结婚，她是我女朋友。"

"还没有结婚啊？"老板一边麻利地朝面条上撒葱花一边说，"那就赶快结吧，你们这么登对，结婚是迟早的事。"

罗卷益用探寻的目光望向张芊茹："如果是迟早的事，那就把这个事情提上议事日程？"

在此之前，张芊茹从没有想过结婚的事情。罗卷益这个男朋友，是经过了介绍、相亲、父母审批等一系列正规程序产生的，他事业有成、温和敦厚、受人尊敬，他的一切是那么合乎标准，让人皆大欢喜。结婚，也应该是顺理成章的事情了吧？女人终究是要结婚的，嫁给一个合乎标准的男人也是不错的选择吧？

于是，张芊茹轻轻地说："你来定吧。"

如今，十几年过去了，这家店还是以前的老样子。桌子依旧油腻，偶尔飞过的苍蝇蚊子彰显着它的平民气息，而招牌怪味面一如既往的好吃。张芊茹惊讶地发现，当初罗卷益在此求婚的很多细节她都不记得了，但是这家店里的一桌一椅却在记忆里格外清晰。

罗卷益和张芊茹一人对着一碗面，努力认真地吃着。罗卷益从衣兜里取出一包餐巾纸，抽出几张递给张芊茹，他一直记得张芊茹的习惯，从不轻易使用餐馆里的廉价纸巾。

张芊茹接过来的时候，习惯性地说了声"谢谢"。所谓相敬如宾，就是如此了吧。

张芊茹从来都没有觉得自己的婚姻有什么不妥。那年在酒吧喝得半醉，夏晓晨伏在她肩膀上说："你知道吗，人是不可能和最爱的人在一起的。"每念及此，她就变得释然。

酒要微醉，花要半开。留点遗憾在生命里，比看似完美无缺更让人安稳踏实。

张芊茹将一块上好的牛肉夹到罗卷益碗里，和天下所有疼爱丈夫的妻子毫无两样。她说："给，你喜欢的，多吃点。"

# 十

HB 公司在西南地区的系列营销活动即将开启。张芊茹忙得团团转，每日还得抽出时间去医院做检查、注射黄体酮针剂，她第一次感到有些心力交瘁。

HB 公司在西南地区的亮相不但受到业界的极大关注，社会上也形成了一种极高的期望值。秘书 Amy 就不止一次在张芊茹面前说，现在普通的老百姓是用期待苹果新款手机的心情来期待 HB 的闪亮登场的。

压力大，但动力也足。张芊茹带领团队为 HB 公司制订了一套以网络、电视为主，广播、平面媒体为辅的营销策划案。从产品的风格定位，到广告宣传语的筛选拟定，张芊茹都严格把控，不容有半点闪失。

但是这个被汪季潮动过手脚的五人小组，张芊茹带领起来总有些力不从心。常常是小组讨论通过的方案，等到制作出小样时却和预先的设想大相径庭。一番追查，才有人期期艾艾地说，是谁谁谁请示了汪总，汪总要求进行修改。那谁谁谁又会辩解，不是他主动请示的，是汪总主动过问自行要求修改的。

如此反复几次，张芊茹心里的怒火越积越旺。偏偏这日Amy急匆匆地跑来密报，汪季潮即将有大动作。

张芊茹抑制住心中的烦躁，尽量平静地说："有事说事，别整得跟间谍似的。"

Amy耸耸肩，调整了自己的语速说："现在公司都在盛传，汪季潮正在跟董事会打报告，要对几个副总的分工进行调整，您也在调整之列……"Amy话说到一半，看见张芊茹铁青的脸，有些不敢继续下去。

"说啊，别吞吞吐吐的。"张芊茹强自镇定，"要把我调整到哪里？"

"要将您从第一业务副总裁调整为行政总监。"

"那谁来接替我呢？"

"马丽。"

"哪个马丽？"

"还有哪个马丽，就是绿光的马丽啊。据说，汪季潮要以双倍年薪让马丽过档思瑞。"

张芊茹气得把手中的钢笔一把拍在了桌子上。Amy还是第一次看见张芊茹如此生气，正不知所措，张芊茹一扬手："你先出去吧。"

张芊茹开始不断地进行深呼吸，这是她多年职场打拼养成的习惯。凡是遇到重大事件，不管是喜是忧，她都要做上十几个深呼吸，让自己的情绪彻底冷静下来，再从长计议。

要处理问题，先处理情绪。尤其对她这样的中年女性而言，敏感和神经质是逃不过的职场魔咒，她必须用双倍的毅力让自己如男人般理性，才能在职场上跨越一个又一个黑洞。

十二个深呼吸后，张芊茹有些不敢相信，难道汪季潮真的要对自己有所动作？细细想来，这些年和汪季潮并无太大冲突，更何况在他刚入思瑞的艰难时期，自己还对他鼎力相助，难道他真的会不顾念这些情分痛下毒手？

一转念，张芊茹将自己能和这位顶头上司对抗的资本一一罗列出来。首先，当然是她过往的业绩和口碑，这个是她在公司赖以立足的根本基石。在营销业务上，她从来就没有把汪季潮真正放在眼里。其次，是她给董事会留下的良好印象，特别是董事局主席还曾公开表示过对她的欣赏。但是在这一点上，她的优势已大不如前。公司近年来更换了数位董事会成员，汪季潮就是跟随新董事而来的，他在董事会的影响力可想而知。再次，多年来她在公司培养出一批稳定的技术骨干，这是保证她在公司令行禁止的人事基础。但是，随着汪派人马的不断增多，就连HB公司这样的重大项目也经常出现调兵遣将上的不顺心。

权衡再三，张芊茹得出结论：如果和汪季潮硬拼，自己输多赢少！

那么，退而求其次，去当那个形同摆设的行政总监呢？

绝不！张芊茹狠狠咬了一下自己的嘴唇，几乎是从心里喊出来。

她知道自己的软肋。在职场上，她可以理性、可以低调，但是，绝对做不到忍气吞声、打落牙齿和血吞。这是她的成长环境所决定的。到底是一株温室里的花朵，一路被人宠爱着呵护着，没有真正经历过风吹雨打。尊严一直被维护得妥妥帖帖的人，怎么能经受得住脸面被踩在脚下的凄惶呢？

不像汪季潮，从业内没有底薪的业务员干起，一步步爬到广告公司副总经理的位置，却因为喝酒误事丢掉了一笔上百万的大单，即刻被老板派发了辞退信。他竟然第一时间冲进老板办公室，声泪俱下、自扇耳光，使尽十八般悲情招数，最终得以继续留在公司。

死罪可免，活罪却不可免。他遭遇断崖式降职，从副总直接贬为实习业务员。二话不说，他第二天就挽起袖子和一帮年轻人跑业务。不到一年，他又官复原职，并且赢得了老板的赞赏和器重。在公司年会上，他被作为励志榜样上台发言。再度声泪俱下，他将老板称为再生父母，将公司视为自己的第二次生命。让所有人大跌眼镜的是，拿到老板特地为他颁发的年终奖之后，汪季潮竟然立马辞职、转战思瑞公司当起了 CEO。

人至贱则无敌。

面对汪季潮这样强大的敌人，张芊茹想，现在只能以不变应万变，做最好的准备，想最坏的打算。

还是那句话，你所期盼的十有八九不会发生，你所害怕的却常常如影随形。

张芊茹心中对汪季潮的不满终于被引爆，两人撕破脸皮，爆发了一场空前激烈的冲突。这次爆炸来得如此迅急，连张芊茹自己都始料不及。公司里目睹过这场冲突的同事，直接套用了时下流行的网络流行语，张总终于和汪总开撕了！

事情的起因是乔治的一通电话。电话那头，乔治用狐疑的语气询问："Grace，我们首期投放的平面广告，就是昨天送过来的定稿，你是否已经过目了？"

"当然。"张芊茹回答得很是肯定。

平面广告从最初的策划到后期的制作，每个环节她都亲自审核。团队一共制作了三套方案，邀请到了三位明星代言：世界名超 Miranda Kerr、影星孙俪以及成都本土产生的戛纳影后何靓春。这三位明星有一个共通点，那就是她们都已经成为母亲，而且是受粉丝力捧的时尚辣妈。

分别为三位明星制作了三套广告，分前、中、后期三个时间节点依次投放市场。最为重要的前期投放，也就是广告的第一次亮相，张芊茹确定为世界名超 Miranda Kerr 拍摄的版本。Kerr 怀抱儿子小开花的照片风靡世界，她甜美辣妈的形象正符合 HB 公司国际知名母婴品牌的定位。

“Grace，我们需要沟通一下了。”乔治的语气在电话里有明显的不快，“三位代言明星都是我们 HB 公司的签约明星，就像前几次我们讨论的那样，首位投放的明星必须要有国际影响力，这样才能很好地把我们的品牌和一般的中国品牌区分开来。”

“对啊，所以我确定的是 Miranda Kerr 的版本啊。”张芊茹心中暗想，难道乔治不看好 Kerr？

“Well……”乔治在电话里发出了惊呼，“你是说，你确定的是 Miranda Kerr？”

“对啊。”

“但是你们思瑞传过来的方案，明确说采用何靓春！”

张芊茹几乎不相信自己的耳朵。她在电话里提高声音说：“Miranda Kerr 的版本我一路督战到最后，绝不可能是何靓春。乔治，你给我几分钟时间，我看看是怎么回事。”

张芊茹放下电话，急招五人小组到办公室。每个人都信誓旦旦，坚称首期投放就是 Miranda Kerr，他们绝对没有私自更改。

“真的吗？你们要对自己刚才说过的话负责！”张芊茹用眼睛依次巡视五个人，然后将目光停留在策划专员田娇娇脸上。她是汪季潮的铁杆粉丝，公司盛传两人关系暧昧。

“哦，哦……”田娇娇有些沉不住气，“我好像想起来了，昨天汪总过来说，何靓春是成都本土走出去的国际影后，用她打头炮，能让本土客户有亲切感，容易接受。”

“然后呢？”张芊茹的眼睛喷着火，步步逼问。

“然后，然后，我就把何靓春的方案传给 HB 公司了，我以为汪总已经给您……给您交代过了。”田娇娇的声音越说越低，平时的飞扬跋扈被张芊茹强大的气场镇压得无处遁形。

“好一个汪季潮！”张芊茹在心中骂道。此时的她，已经从一座沉睡的死火山转变成苏醒的活火山，多年来胸中积压的怒火已经达到了喷薄的临界点。

张芊茹径直冲进了汪季潮的办公室。不管三七二十一，劈头盖脸就是一通质问。

“你对 HB 方案有意见，为什么不直接反馈给我？你选择何靓春放弃 Miranda Kerr，为什么不和我沟通？你擅自更改传给客户的方案，出了问题你负责吗？你不尊重同事不尊重员工，你起码应该遵守一下自己的职业道德吧？你这样玩心计耍手段，究竟要达到什么目的？！”

她像一只愤怒的母狮，声色俱厉地质问汪季潮的卑劣行径。面对一座爆发的火山，汪季潮完全丧失了平日的趾高气扬。他脸色苍白，好半天才憋出一句话：“误会，误会，你一定是误会了，来，我们坐下来谈谈……”

张芊茹不再听他任何的唠叨，转身夺门而去。

整整一个中午，张芊茹把自己关在办公室不见任何人。她不为自己的行为感到后悔，当尊严遭到挑衅，忍气吞声绝对不是她的选择。也许，这样的性格注定会比别人遭遇更多的职场坎坷。但是，那又如何呢？

张芊茹自有张芊茹的霸气。

十二个深呼吸之后，她想，变化比计划快，和汪季潮的矛盾激化会使她在公司的前景更为不妙。也许，该是为自己谋划退路的时候了。

电话在此时响起，是乔治。张芊茹正想跟他解释今天发生的一切，乔治却抢先开口说：“出来星巴克坐坐吧，太古里那家‘黑裙’。”

乔治约定的这家星巴克位于成都最新的时尚集散地远洋太古里。这是由港资打造的街区形态购物中心，汇集了众多的世界一线奢侈品。而太古里的这家星巴克号称“中国西南及华中区的首家旗舰店”，不同于一般的星巴克门店，这家店是全黑围裙旗舰店。黑围裙的暗语是“咖啡大师”，通俗点讲就是这里的服务生全部属于星巴克的“精英部队”。

此时的乔治坐在星巴克二楼一个僻静角落里，看到张芊茹，他很绅士地站起来向她示意。他依然是那么神采奕奕，倒是张芊茹，脸色铁青、神情凝重，不复往昔的精致。乔治为张芊茹点了一杯绿茶摩卡，他说，几次看到张芊茹喝咖啡都点的是这一款。张芊茹捧着这杯滚烫的绿茶摩卡，差点掉下泪来。她是女强人吗？没有人知道，她的内心是多么需要温暖。

“一切还OK吧？”乔治的眼睛里满是关切。

显然，他已经知道了张芊茹的遭遇。广告行业是没有秘密可言的，更何况，好事不出门、坏事传千里在哪个行业都没有例外。张芊茹打起精神，很洋派地耸耸肩，回答了一声“OK”。

“今天约你出来，是想征求一下你的意见，你愿意去美国总部工作一个月吗？”乔治开始谈公事，脸上的表情即刻换成“商务款”。

张芊茹疑惑地看着乔治：“我可能需要了解详细的情况。”

“Well，是这样……”乔治轻轻品了一口咖啡，继续说，“美国总部最近一直紧盯大中华区CEO的人选，我把你和马丽的相关资料都已经汇报回去。你的工作能力和个人素养我是非常认同的，我的个人意见是倾向你。所以，美国总部希望你能过去工作一个月，也相当于是一次试用。”

乔治的话，犹如一剂强心剂，让本来神情沮丧的张芊茹立刻兴奋起来。但是多年职场历练而成的理性，让她马上想到了一个问题:“乔治,我以什么名义去美国一个月呢?难道需要提前向思瑞提出辞职吗?”

“当然不用,我已经为你考虑好了。我们会以推进西南项目的名义,向思瑞提出申请,邀请你去美国总部就这次西南市场的推广方案进行合作。当然,这一个月你在美国的相关费用由我们甲方负责。”

乔治的诚意和周到让张芊茹很是感激,她想自己是没有理由拒绝的。特别是在她和汪季潮撕破脸皮、自己在思瑞岌岌可危的现在,这样一个机会的出现,无疑是她事业重生的大好时机。就在张芊茹张嘴要说出那个“好”字的时候,她忽然想到,自己现在正在进行试管婴儿的周期治疗,如果离开一个月,那就意味着将放弃这次治疗。

看到张芊茹脸上一喜一忧的表情,乔治询问:“Grace,有什么问题吗?”

对于乔治,张芊茹有百分之百的信任。她向乔治说出了实情:“去HB美国总部一个月是一个很好的机会,我是非常乐意的。但是现在,我有一个现实的问题,我和我先生正在进行试管婴儿的治疗,如果离开一个月,就意味着,这一次的治疗将放弃。”

“哦。”乔治长长地吐出一口气,他把手支在下巴处,很认真地看着张芊茹,“那你要如何选择呢?”

张芊茹不觉皱起了眉头。这确实是一个难题。

乔治又开口了:“这样吧,我给你时间思考一下,等你想好了,再告诉我你的决定,如何?”

张芊茹禁不住说:“乔治,你知道吗,对于我来说,你就像圣诞公公一样。”

乔治笑了,露出一排洁白的牙齿:“Grace,圣诞公公要提醒你,一定要做好选择,不管是选择事业还是选择家庭,一定要听从自己内心的声音。”

是的,要听从内心的声音。

# 十一

罗诗诗推开人力资源部的大门，她轻轻走进去，伏在经理黄曼莉的耳边悄悄说："亲，告诉你一个秘密，我怀孕了！"

黄曼莉是罗诗诗同一所大学的师姐，两人平时的关系十分要好。乍听这一消息，黄曼莉嘴巴变成了O形："恭喜你啊。"

罗诗诗将食指竖在唇边，做了个小声点的手势。"我暂时不想要孩子，我得请假去做手术。帮我看看，公司的规定和《劳动法》的相关条款。你知道的，我们项目经理那个德行，我真怕他从中作梗。"

黄曼莉为了这个师妹可谓尽心尽力，从旁边的文件里翻出公司的规章，指着文件说："看这里，公司规定女员工流产最多可以带薪休息十四天。"然后她又取出一本《女职工劳动保护特别规定》，翻到第七条指给诗诗看，"女职工怀孕未满四个月流产的，享受十五天产假；怀孕满四个月流产的，享受四十二天产假。"

有了这两大尚方宝剑，诗诗吃了一颗定心丸。她理直气壮地走进了项目经理的办公室。

见诗诗进来，项目经理扯开喉咙嚷起来："诗诗，你来得正好，秋季房交会的策划案出来没有？等下我要召集大家开会，你一定要把方案的初稿拿给我哦。"

诗诗犹豫了一下，还是鼓足勇气把请假条递到了经理面前。经理瞥了一眼抬头的"请假条"三个字，立刻把五官扭成了一根天津大麻花。"请假？这个节骨眼上你怎么能请假呢！"

诗诗没好气地说："你老人家把请假条看完再说吧。"

项目经理耐着性子看完她的请假条，金丝眼镜差点滑到了鼻子尖。他伸手扶住了眼镜，一连声地说："你怎么这么不小心呢？没有我的批准，你怎么在这个节骨眼上怀上了呢？"

诗诗觉得又好气又好笑，她忍住不开口，就等经理签字。项目经理磨蹭了好一会儿，才叹口气，勉强拿起了签字笔。经理弓着身子一边签字一边嘀咕："你们女人啊，就是事多，难怪这次秋季招聘，人力资源部提前打招呼，只招公的不招母的！"

经理的话让罗诗诗像吃了一只苍蝇那样恶心。她在心里暗暗骂道："我们女人事多？如果没有我们女人多的这些事，我看你这头公猪怎么降临人间？"

和其他医院一样，华康医院的人流手术室叫作计划生育手术室。手术室的大门被漆成了粉红色，这个冷冰冰的地方多少有了一点柔和的色彩。

郑海涛在手术室门外等待着妻子。今天计生手术室的值班医生是李雪，一位经验丰富的副主任医师。平日里，海涛叫李雪为“雪姐姐”，两人的关系融洽。

李雪把海涛拉到一边，很认真地问：“你们两口子考虑清楚了？诗诗年纪也不小了，这又是头胎，还是要慎重啊。”

海涛在心里感叹，如果经济条件允许，他何尝不想要这个孩子呢？但是最后，海涛只是平静地说：“我们考虑清楚了。”这就是郑海涛，他从不肯轻易暴露自己的内心。

诗诗准时出现在了手术室的大门外。第一次做这种手术，诗诗内心忐忑。护士带着诗诗将手术前的各种检查和清洗程序依次走了一遍，诗诗内心的不适感在加剧。等到要进入手术室时，诗诗本能地抓住了海涛的手。天不怕地不怕的罗诗诗忽然像孩子般无助，她对丈夫怯怯地说：“老公，我怕。”

“别怕，别怕。”海涛一把搂住妻子，“放心吧，人流是小手术，今天给你做手术的是雪姐姐，我们这里一等一的好医生，我会在外面等你的。”

诗诗终于松开了丈夫的手，跟着护士进入了手术室。手术室里的一切都是那么陌生，有着两个脚蹬的妇科手术床让诗诗联想到了渣滓洞里的刑具，放在盘子里的手术器械发着冷冰冰的光，诗诗忍不住打了一个寒战。按照医生的要求，诗诗躺到了手术台上。分开的两条腿，被绑到了那两个脚蹬上，身体最隐秘的部门以一种奇怪的姿势暴露出来。诗诗觉得此时的身体已经不再属于自己，她想起了小时候到村口看大人杀猪的情景。

护士开始给诗诗注射麻醉剂。护士说，你选择的是全身麻醉，等下你将在无痛的情况下，进行完整个手术。

诗诗的意识开始模糊，思维进入恍惚状态。蒙眬中，她看到了一个小女孩从黑暗中走来。她梳着一个冲天辫，穿着一条自己儿童时期非常喜欢的白色蓬蓬裙。小女孩对她微笑，奶声奶气地叫她妈妈。然后，小女孩一边向她挥手一边说："妈妈，再见，下次再来找你玩哦……"

一滴泪从诗诗的眼角滑落，她进入了麻醉状态。

此时的海涛坐在手术室外的长椅上等待着。他的表情很平静，谁也看不出来，他正被一种巨大的挫败感击中。他的妻子，正在手术室里忍受痛苦，拿掉他们的第一个孩子。而这一切，仅仅是因为，作为丈夫的他，无力改变窘迫的现状，无力给予那个未曾谋面的生命一个体面、宽松的生存环境。

海涛下意识地把脸埋在手掌里。他真想找一个地方，从所有人面前消失。

这一刻，他忽然浑身一个激灵，一张脸浮现在了眼前。

他竟然在这样的时刻，想到了她！这么多年来，他拒绝想起她，努力清洗掉她在自己生命中留下的所有痕迹。他是如此憎恨她，憎恨到所有和她有关的一切，他都自动失忆。

但是现在，海涛发现，自己竟然有些理解她了，那个在他生命中不辞而别、忽然消失的女人。当巨大的挫败与无助迎面袭来，我们拿什么去躲？不就是从人群中消失、找个没有人的角落独自舔舐伤口吗？

海涛的手心传来湿润的感觉。他抬起头，掌心里多了两滴温热的眼泪。

和乔治在星巴克分手之后，张芊茹并没有回办公室，而是将车径直开到了成都东门一处叫作白鹭湾的湿地公园。

成都人习惯将城市里东南西北四个方位，以“门”相称。城市的东边，叫作东门，城市的北边叫作北门，以此类推。东门三环外的白鹭湾湿地占地三千亩，公园里的景观设计颇有格调，张芊茹闲暇之余，喜欢一个人到这里走走看看。每当她的内心有无法排解的负面情绪时，便会把自己投放到白鹭湾的自然环境中。张芊茹常常想，生活在成都这样的城市的确是一件惬意的事情，这个城市的迷人之处在于，你喜怒哀乐的所有情绪，都能在这个城市里找到安放之处。

此时的白鹭湾，秋水长天，菊香四溢。张芊茹坐在一处池塘边，凌乱的思绪终于清晰起来。耳边响起了乔治说过的话：你要听从自己内心的声音。内心的声音是什么呢？张芊茹当然知道。其实，在乔治向她发出到美国试用一个月的邀请之时，张芊茹就知道了自己的答案。这之后，她的顾虑和左右为难，与其说是发自内心，不如说更像是一种必须让自己履行的程序和责任。

起码,我也是经过了艰难考虑之后才做出的这个决定。有了这个抉择的过程，张芊茹心里踏实多了，这能让罗卷益更容易接受，也能让张芊茹更容易接受自己。

罗卷益真的能接受吗？张芊茹并没有太多的把握。她太明白自己了,当心意已定之时,丈夫的意见不管赞成与否,都不会有实质性的影响。说她自私也好，说她一意孤行也好，这就是张芊茹的风格。

婚姻,最怕的就是面临抉择。不管多么恩爱圆满的婚姻，一旦面临抉择，就如同被放到了天平之上，何去何从，不由婚姻本身决定，而是取决于天平另一端放置着怎样的砝码。

要命的是，在张芊茹的婚姻天平上，只要放上事业、自我这样的砝码，天平就将立刻倾斜。

她最爱的，还是自己。

心意已决，张芊茹提前回到了家中，她想打破惯例，和丈夫以及婆婆吃一顿愉快的晚餐。

推开家门，婆婆和保姆正在阳台上忙碌着。走进一看，婆婆正指挥保姆在阳台上晾晒一堆婴儿衣服。

“妈，这些婴儿衣服哪儿来的？”张芊茹满脸疑惑。

“这是我托一个远房的亲戚从老家带来的。他们家的孙子刚刚周岁，这些衣服都是他们家孙子周岁前穿过的。”

“我们要人家穿过的衣服干吗？”张芊茹对婆婆的举动不甚理解。

“你这就不知道了。”罗母转过身，认真地看着自己的媳妇，“周岁前的孩子皮肤嫩、抵抗力差，最适合穿其他孩子穿过的衣服。如果是新衣服，反而对孩子不好。”

张芊茹一时不知说什么才好。看着晾衣绳上一整排的婴儿衣服，她的内心有着隐隐的内疚。婆婆对于孙子的渴望让她备感压力，甚至常常上升为一种反感。多年来，婆媳两人在这个问题上矛盾冲突不断，久而久之，生育话题俨然成了一种禁忌。但是此刻，老人这种平淡的真情流露，却在张芊茹心里一石激起千层浪。这一次，她恐怕又会让老人失望了。

像普天下所有媳妇一样，她对自己这位婆婆有着复杂的情感。十多年的共同生活中，双方因为生活习惯、思维观念的不同，常常会磕磕碰碰、彼此不适应。但好在，这婆媳两人又都是本性善良之人，十几年的漫长岁月让她们之间或多或少有了一种情谊。婆婆会夸媳妇能干大方有孝心，给自己买礼物从来都不心疼钱。张芊茹也常常感动于婆婆照顾他们夫妻二人的尽心尽力、任劳任怨。

夏晓晨时常敲打张芊茹：“你得知足，你这个婆婆已经是千里挑一的好婆婆了。同行是冤家，女人全都是同行，婆婆和媳妇更是同行中的同行，因为你们都爱着同一个男人。我就经常寻思，我这么辛苦地把我儿子养大成人，将来他一溜烟儿和自己的老婆跑了，我这个当妈的肯定要伤心死的。我敢肯定，我将来绝对是一个恶婆婆，对那个把我儿子抢走的小妖精，铁定不给好脸看。”

张芊茹想，婆婆是个好婆婆，自己也不能算是一个坏媳妇吧？毕竟时代不同了，如今做媳妇，不可能像自己婆婆那辈，为了儿子为了家庭把一切都牺牲出去。好媳妇的评价标准是多样的，一个努力追求自我、完整自我的媳妇也应该算是一个好媳妇吧？

罗卷益没有回家吃晚饭，医院临时召开会议，他直到晚上九点多才回到家。

艰难的谈判这才开始。

张芊茹关好“家里有家”的门，尽量将乔治的邀请说得委婉而温和。末了，她一再强调，只去一个月，回来之后，还是可以重新进入试管周期。

罗卷益坐在床上，安静地看着妻子，没有回答一句。

“只耽误一个月而已。无非是封闭抗体等我回来之后，再重新开始注射，我再多忍受几次疼痛罢了。周期停了，一个月之后我们再重新开始。就是麻烦一点，多花钱而已……”

张芊茹说着说着，忽然觉得有些底气不足。

一阵让人尴尬的沉默之后，罗卷益终于开口了：“你是已经决定了，来通知我一声的吧？”

“不是，这不是在和你商量吗？”

“商量？”罗卷益脸上忽然浮出一个嘲讽的笑容，“如果我不同意，你会不去吗？”

这一次，轮到张芊茹沉默了。一针见血地点出真相，总是容易让人尴尬。

“我不想和你吵架了，张芊茹。”罗卷益摇摇头，神情显得异常疲惫，“自从你主动要求进入试管周期，我的内心就有一种不安全感，总是觉得不定哪一天，你又会有事，又会把周期停下来。现在看来，我的预感是正确的。我不阻拦你，你要奔你的前程，一切都由你自己决定。但是请你记住，作为成年人，我们都必须为自己的行为负责。”

说完，罗卷益起身，轻轻地走出房门，留下张芊茹独自面对一地鸡毛。

客厅里，郑海涛刚刚坐下。

“怎么你一个人来呢？诗诗呢？”罗母把一个抱枕递给女婿。

“诗诗有些不舒服，在家休息。”郑海涛说完，有些僵硬地将抱枕拽在手里。

罗卷益在海涛身边坐下，他知道自己脸色不好看，索性闭口不言。

“妈，哥，有件事情要给你们说下。”海涛鼓足了勇气，终于开口了，“是这样的，今天诗诗做了流产手术，现在正在家休息呢。我这几天都要上班无法请假，所以能不能让妈白天去我们那里，方便照顾下诗诗。”

“什么？诗诗做了流产手术？”罗母惊得说话的声音都有些哆嗦了，“你这个孩子，咋不早说呢？是什么情况啊？好好的，为什么要去做手术呢？”

海涛看了一眼旁边的罗卷益。罗卷益是他的妻兄，也是他工作上的领导，他一向比较在意罗卷益的意见。见罗卷益表情相对平静，海涛这才开口继续解释：“最开始，我们也是想要这个孩子的。但是考虑到我们现在的经济条件，诗诗最后决定还是再过几年要孩子。”

罗母正要说什么，罗卷益抢先开了口：“妈，诗诗和海涛都是大人了，他们有自己的难处，我们就不要过多干预了。当务之急是要照顾好诗诗，流产后的小月子对女性的健康是非常重要的，我明天一早就送你去诗诗那里。”

说完，罗卷益起身，他只觉得这个夜晚发生的事情让他心情烦躁，此刻的他只想安静地待会儿。他习惯性地向卧室走去，意识到张芊茹在里面，又退了回来。客厅里，母亲正喋喋不休地数落着海涛。罗卷益只得继续向前走到玄关处，说了一句“我去楼下取牛奶”，便拉开房门，径直地走了出去。

楼道里的声控灯坏了,路灯的光亮映射进来,影影绰绰,迷离如同鬼魅。他站在幽暗的楼道里,迟疑着,不知道自己要去哪里。愣了好一阵,才想起,自己出门前说的是下楼取牛奶。于是,他走到电梯间,伸手按下了电梯。“哐当”一声,紧闭的电梯门打开了,里面白炽灯的光亮倾泻出来,让他有些睁不开眼。三步并作两步,他钻了进去。电梯摇摇晃晃地开始下行,借着头顶惨白的灯光,他在电梯银灰色的箱壁上看到了自己的脸。这张脸被投射得麻木、惨淡、扭曲,犹如哈哈镜般的荒诞不经。

寒意四起。罗卷益觉得自己的生活就是一个扭曲的哈哈镜,那个他苦心经营起来的体面的家里,此刻,却找不到一处停留之地。

# 十二

李晶出事了。

这样的意外，在医学上只有0.06%～0.20%的可能性。但是，偏偏她遇到了。

这一天，她进行试管移植的重要一环——取卵。取卵和取精必须同时进行，女方在手术室取卵的同时，男方则要进行取精。取出的精卵在实验室条件下进行结合，最后形成胚胎以供移植。

女方的取卵手术是一个通常意义上的小手术，在超声探头的引导下，经过阴道将卵巢中的卵子进行穿刺取出。整个过程一般不超过三十分钟，病人可以选择麻醉或者不麻醉。康华医院为取卵病人配备的是笑气镇痛。笑气吸入体内只需要三十到四十秒即产生镇痛作用，而且笑气麻醉安全可靠度很高，对心、肺、肝等重要脏器功能也都没有损害。

李晶是当天第四个做取卵手术的患者。她躺在手术台上，护士开始给她讲解笑气的使用方法。为她取卵的医生身形很是肥胖，硕大的口罩遮住了大半张脸。在胖医生进行消毒的时候，李晶开口说："我对疼痛很敏感，能不能现在就开始吸笑气呢？"胖医生说："可以。"于是，她按照护士教给她的方法，把笑气面罩套在口鼻处，深深地吸气，缓缓地吐气。如此进行了三四次，她就感觉四肢麻木、思维凝固，全身动弹不得。

当李晶从麻木状态一点点恢复过来的时候，她清楚地感觉到左边卵巢有一种尖锐的、被吸取的疼痛感，她忍不住轻轻地叫了起来，身体也跟着抽搐起来。正在取卵的胖医生立刻制止了她这一危险动作。好在取卵手术很快结束，医生从她卵巢里取出了十个卵泡。

和其他病人一样，李晶是自行走出手术室的。等在外面的护士将她引导到观察室里休息，李晶带来的一个女佣已经在观察室里等候她了。从手术室到观察室这段短暂的距离，李晶开始流泪。当她躺在病床上时，眼泪一直不停地滴下来，将半边枕头都浸湿了。事后她说，自己哭泣，并不是因为疼痛，而是因为麻醉镇痛后，情绪处于波动状态，就像醉酒一般，容易大起大落。

女佣将事先熬好的冬瓜汤端到李晶面前。取卵后的病人要多喝冬瓜汤，不但利尿，更重要的是能预防腹水产生。护士拿来了点滴瓶，里面装的是消炎药，输完一瓶，病人就可以自行回家。

一切都在顺利进行中，没有任何迹象表明，一场意外已经兵临城下。

就在护士挂点滴瓶的时候，李晶开始出现恶心、呕吐的症状，同时腹部开始持续疼痛，随着时间的推进，疼痛感逐渐加剧。

手术室里的医生和护士紧急赶来。胖医生惊呼：“糟了，有可能是内出血！快，叫她的主治医生来。”

三分钟后，罗卷益飞奔着来到李晶床前。此时的李晶脸色苍白、血压下降、脉搏细弱，已经陷入昏迷之中。

“病人休克了，马上准备手术！”危机之中，罗卷益当机立断。他环顾四周，一叠连声地问：“家属，病人的家属在不在？准备签字手术。”

那个女佣怯怯地说：“我，我是他们家的用人，现在只有我在……”

“怎么可能？取卵取精必须同时进行，她丈夫怎么可能不在？”罗卷益的情绪变得有些急躁。

“陆先生取完精就走了，他忙，留我在这里照顾太太。”女佣小心翼翼地回答，生怕自己的话再次激怒面前的医生。

“有这样当丈夫的吗？”罗卷益愤愤地骂了一句。

罗卷益亲自主刀，为李晶进行了开腹止血手术。李晶由于盆腹腔严重粘连，在进行取卵手术时，取卵针误入血管造成了大量内出血。好在罗卷益的手术进行得很是顺利，整个过程，他聚精会神，没有半点杂念。当手术结束，李晶被推出去的那一刻，罗卷益长长吐出一口气。他这才感觉到了疲惫，浑身瘫软，甚至有些站立不稳。

护士王小佳站在他身边感叹："罗主任，你看，你的手术服都被汗水浸湿了，这台手术做得可真够辛苦啊。"

罗卷益只是微微笑了一下。此刻，他的内心被一种巨大的成就感填满，他用自己的双手，把李晶从死神手里夺了回来。他当了十五年的医生，做过无数台高难度手术，赢得过各种荣誉，但是没有哪一台手术能像今天这样，带给他巨大的成就感。

今天这台手术，他不但倾注了技术，还倾注了自己的情感。

术后两小时，罗卷益探查病人的情况。李晶已经转到VIP病房进行二十四小时监护。这是一个有会客室、淋浴房甚至还带有一个小厨房的大套间。外间的会客室摆放着进口的真皮沙发，里间的病房有一整面墙的落地玻璃窗，供病人欣赏窗外的风景。

会客厅里，那位女佣和一名身材魁梧的男性正坐在沙发上待命。护士轻声告诉罗卷益，这是病人家自带的工人。罗卷益认得那位男性，正是驾驶玛莎拉蒂的司机。

走进里间。李晶的病床边坐着一位护士，看见罗卷益，护士马上恭敬地站起来。李晶还在沉睡，她的头向右偏着，漆黑的长发垂下来挡住大半边脸。脸色明显好转，薄薄的嘴唇已经恢复了红色。护士轻声地呼唤李晶："李晶女士，医生来查房了。"

李晶于神情恍惚间慢慢地睁开眼，她用茫然的眼神环视着面前站着的一堆白大褂。然后，视线停留在罗卷益的脸上。四目相对，李晶黑白分明的大眼睛里空无一物。慢慢地，那双大眼睛聚集起了泪水，像海岸边逐渐上涨的潮汐，一层层淹没上来。而瞳孔边的那颗小圆痣，犹如一只发亮的小贝壳，在潮汐里沉沉浮浮、明明灭灭……

罗卷益只觉得热血上涌，整个胸腔都被一种温柔的怜惜填满。费了好大劲，他才让自己镇静下来，尽量用理性的声音询问："感觉怎样？"

李晶轻轻地点头。泪水积蓄得太多，头一晃动，一滴晶莹的泪水，顺着脸颊滴落到了枕头上。罗卷益忽然有一种冲动，他想冲过去，捧着李晶的脸，轻轻为这个小女人擦去泪水。当然，他站在那里什么也没有做。只是转头，尽量用例行公事的口吻向护士询问相关情况。他本来还想叮嘱李晶一些术后的注意事项，但是张了几次嘴，都没有勇气再直视这个让他心神不宁的女人。最后，他只好僵硬地转身，用一种不太自然的冷漠姿势向门外走去。

"罗医生……"李晶轻轻地叫住了他。

罗卷益即刻回头，用一种期待的眼神看着她。

“我什么时候能进行移植？”

罗卷益没有想到，李晶现在心里惦记的，还是她的试管移植。“你刚刚进行了止血手术，这个周期能否继续进行下去，还要看你的身体情况。”

李晶的脸上，闪过一丝失望的神情，她将视线移向白色的墙壁，若有所思。

见李晶不再说话，罗卷益只得再次转身，准备离开。

“罗医生，谢谢您。”李晶的声音在罗卷益身后响起，这声音轻轻的，是一贯的低沉和沙哑。但是罗卷益听来，却是万种柔情。他转过身，急切地捕捉着美人的眼睛。那双眼睛也正看向他，不再空洞，不再迷茫，而是明白无误地写满了柔情。潮水涨上来了，一波又一波，拍打着两人的胸腔。

乱石穿空，惊涛拍岸，卷起千堆雪。

清晨六点，张芊茹悄悄起床，为了不影响还在睡梦中的罗卷益，她没有开灯。张芊茹订的是早上八点的航班，成都经停上海转飞纽约。

她轻手轻脚地洗漱，吃早餐，然后将行李箱拖出来，准备出门。此时，房间的灯忽然亮了。罗卷益正站在卧室门口安静地看着她。

“把你吵醒了吧？”张芊茹有些歉意地说。

“你路上注意安全。”罗卷益有点答非所问。

张芊茹没有想到罗卷益说出来的是这句话。自从她决定暂停周期去美国之后,夫妻之间又重新回到了冷战状态。她对罗卷益感激地点了点头,拖着行李匆匆走出了家门。

张芊茹不会知道,自己的丈夫一直在窗边注视着她。看着她拖着两个硕大的行李箱走向小区大门,罗卷益有了隐隐的内疚。想来,自己的妻子也是不容易的,为了事业奔波折腾,作为丈夫的他,竟然没有去帮她拖拖行李或者开车送她到机场。这么多年来,他只顾着埋怨她不顾家庭、不肯生育,却从来没有真正在意过她内心的感受。

他和她冷战,对她漠不关心,一次醉酒后,他甚至指着她的鼻子说:“如果哪天我死了,我会恨你的,你让我们家断子绝孙!”他似乎已经忘记了,这样独立自主、高学历、高素质的女人是他当初选择妻子的不二条件。

在选择妻子的标准上,罗卷益坚持的是奢侈品路线。奢侈品昂贵、精致、拿得出手、赢得回面子。但是同时,奢侈品天生不接地气,不实用,不耐用,需要小心打理、精心呵护。

这一刻,罗卷益有些顿悟,也许这么多年来,错的并非张芊茹,而仅仅是因为自己对“奢侈品”没有足够的认识和充分的心理准备。罗卷益想,像自己这样骨子里传统守旧的男人,也许更适合一个平凡而恭顺的妻子。

习惯了天南地北四处奔走的张芊茹对这一次的旅行并

没有太大感受。无非是行李箱用的超大号、出差的时间稍微长一些罢了。经过十六个小时的艰苦飞行，终于在纽约肯尼迪国际机场降落。由HB公司的接机人员引领着，入住位于曼哈顿的短租公寓。这是一套SOHO式的小公寓，面积不大，但麻雀虽小五脏俱全，各种配套设施一应俱全。

此刻的成都已经是凌晨，而纽约却还是艳阳高照的正午。张芊茹站在二十一层公寓的落地玻璃窗前，秋日的曼哈顿半岛尽收眼底。哈德孙河波光粼粼，自由女神像在阳光里散发着光晕，鳞次栉比的高楼大厦把一种具有侵略性的繁华猛然推至眼前。面对这一切，张芊茹忽然有了一种强烈的孤独感，她的家、她的亲人、她的世界远在十六小时之外的遥远国度里，在这个全世界最繁华的城市，她只是一个人。

明晃晃的阳光照在脸上，张芊茹有了浓浓的睡意，但是经验告诉她，现在不能睡，只有严格按照纽约时间作息，她的生物钟才能尽快把时差倒过来。于是，她走进厨房，准备给自己泡一杯浓咖啡。厨房是开放式的，樱桃木的橱柜，锅碗瓢盆整齐地挂在墙上。张芊茹记得，自己家里的厨房也是采用的这种樱桃木橱柜，那还是当年她和罗卷益跑到一个大型家居商城里定制的。

用电水壶烧了一壶热水，从咖啡罐里随手拆了一袋咖啡，泡在精致的马克杯里。轻轻喝一口，好熟悉的味道啊。张芊茹急忙拿起包装袋细看，老街场咖啡，怪不得，这个牌子的咖啡一直是她早餐的必备饮品。十几个小时前，她还在家里泡了一杯。咖啡杯还放在早餐桌上，不知道罗卷益是否记得清洗。

想到这里，张芊茹忽然就红了眼眶，两滴滚烫的热泪瞬间掉落下来。谁会想到，号称百毒不侵、身经百战的女汉子，竟然会如此脆弱，一杯咖啡就能轻易让她热泪盈眶。

# 十三

一周之后，李晶出院了。

这天早上，罗卷益来做最后一次查房。一路上，身后的年轻医生们已经开始在热烈地议论李晶。

“我昨天去过她的病房，你知道我看见了什么？客厅里堆满了各种鲜花和礼品。你知道那些礼品是什么？几乎全是奢侈品。我还是第一次看见，给病人送爱马仕和香奈儿的。”

“听说她自从住院到现在，老公从来都没有现身过，来来回回都只是用人、保姆在照顾她。”

“这个女人不简单哦，难不成是谁家的二奶或者偏房？”

“怎么会？我们的试管移植可是有严格审批程序的，她肯定是明媒正娶的正房！”

听不下去的罗卷益只得回头，用严厉的目光扫视身后的一群小麻雀，大家这才闭了嘴。

李晶的病房确实如医生们所说，客厅里堆满了各种鲜花和奢侈品，用人正低头给这些礼物整理打包。罗卷益走进里间，病床却是空的。正在整理仪器的护士连忙站直身子，轻声告诉罗卷益，病人一早就离开了，出院手续由他们家的用人来办理。

哦。罗卷益站在那里，不知道自己是失望还是失落。她竟然，就这样不告而别。

从住院部出来，他没有回办公室，而是不知不觉地走到了大楼背后那个小花园里。深秋的小花园有些清冷，天空灰蒙蒙的，像是在城市上空盖上了一层毛玻璃。这是这座城市秋冬最常见的天气，据说，因为这样的天气，秋冬季节的抑郁症患者数量明显高于其他两季。

罗卷益下意识地拿起手机，这样冷清萧索的时刻，他很想跟人说说话。于是，他习惯性地调出张芊茹的号码，轻轻地按下了拨出键。电话通了好一阵，才传来张芊茹的声音。“喂……”张芊茹的声音低低的，听筒里还能听到男男女女的英语对话。

“在忙？”罗卷益这才意识到，纽约现在已经是夜里十点多了。

“是的，正在和国内召开一个视频会议。”张芊茹的声音压得低低的，以免打扰到别人的讨论，“有事？”

“哦，没，没什么事情，就是打个电话看你在干吗。”罗卷益忽然有些尴尬。他说了声“不打扰你工作了”就匆匆收线。

张芊茹拿着电话有些走神，她没有想到罗卷益会在这个时候给他打来电话。现在是国内的早上九点多，正是医院上班时间，他这个时候打来电话，想必应该是一种关心或者思念的体现吧。但是电话里冷静的语气却让她丝毫没有感觉到温暖。

细细想来，罗卷益还真不是懂得温情的男子，结婚这么多年，他鲜有浪漫的举动，他对家庭的尽职尽责都融入柴米油盐的琐碎之中。十五年的漫长婚姻生活，张芊茹已经不记得从什么时候开始，夫妻两人不再有热烈的拥抱、甜蜜的亲吻，或者从一开始两人就没有过热烈和甜蜜？甚至，连夫妻之间“最好的运动”，张芊茹也已经记不得多久没有“互动”过了。

也许婚姻就是这样的吧，到最后不过是一男一女搭伴过日子而已。张芊茹在心里安慰自己。但是，婚姻真的就应该是这样吗？甜蜜的情话、热烈的拥抱、绵长的亲吻、激烈的性爱难道不是和柴米油盐同等重要吗？每次看到面色蜡黄、眼神哀怨的中年女人，张芊茹都有一种隐隐的难过。这些在粗糙婚姻里浸泡得太久的女人，已经被锅碗瓢盆洗刷成了一块抹布，不被人爱，也忘记了爱人。

平平淡淡才是真？你若一直平淡，怎会甘心？

不知什么时候视频会议结束了。乔治走过来，关切地问：“Grace，怎么脸色不好？走，我们出去喝一杯。”

乔治把张芊茹带到了公司附近的一个小酒吧。原木的吧台和桌椅，蓝色的灯光海水般泛滥，有轻柔舒缓的音乐穿梭其间，这里的一切都是这么自然恬淡。“附近公司的上班族，下班之后常常来这家酒吧喝一杯，这个酒吧的特点就是舒服。”乔治细心地给张芊茹介绍。

两人选了靠窗的一个座位，也没有询问，乔治就为张芊茹点了一杯鸡尾酒“新加坡司令”。“我记得两次酒会你都要了这款酒。”

“乔治，你真是生活中的有心人。”张芊茹由衷地感叹。

乔治耸耸肩：“我只是记忆力比较好而已。”

就着轻柔的音乐，两人漫无目的聊着天。张芊茹喝完了“新加坡司令”，又抬手，让服务生送上一杯“玛格丽特”。

“Grace，刚刚开会，我看你走神了，是有什么不开心的事情吗？”乔治终于问出内心的疑问。

张芊茹轻轻抿一口蓝色的“玛格丽特”，摸摸脸，微微有些发烫了。“我是在思考，什么样的婚姻，才是婚姻应该有的样子。”

这句饶舌的中文让乔治有些难以理解。张芊茹改用英文重复了一遍：“What kind of marriage, the marriage should be some way？”

“Let it be.”乔治的回答简单明了。

张芊茹含着酒，轻轻地摇头。“不能‘Let it be’，婚姻需要经营，需要费尽心思，需要花样翻新。你知道为什么吗？因为人都是喜新厌旧的动物,看久了连自己都不喜欢，更何况是别人？”

乔治只是安静地注视着张芊茹，没有说话。

“你知道吗，大多数的中国女人，在我这个年纪，都是活在一种认命里。认命自己的婚姻、自己的操劳、自己的衰老，认命自己的人生。如果有谁不认命，要再想折腾几下，就会被别人视为异类。”张芊茹说到最后，竟然有些愤愤不平的情绪，“你知道我最害怕的四个字是什么吗？‘老夫老妻！’因为这四个字，你就必须接受婚姻的冷漠苍白、陈旧空洞。他们说，老夫老妻是在一起过日子的，你必须认命柴米油盐、锅碗瓢盆。你不但要认命，还要打心眼里接受和喜欢，因为平平淡淡才是真！”

此时，酒吧里那个小小的舞台上，一个穿格子衬衣的大胡子男人抱着一把吉他，开始自弹自唱。唱的是 Adele 的成名曲《someone like you》。低沉浑厚的男声，重新诠释这首歌曲，竟有别样的味道。张芊茹不再说话，只是托着腮，安静地聆听着。

走出酒吧，乔治送张芊茹步行回家，她的短租公寓就在邻近的街区。空气里飘浮着清新的海洋气息，数千栋摩天大楼灯火辉煌，将整个曼哈顿变成了迷离的不夜城。走到公寓楼下，灯光映射在乔治的脸上，明明灭灭，他的情绪也有些漂浮不定。

他说，Grace，你心里住着一个小女孩。

他说，Grace，你是一个缺爱的女人。

张芊茹停下脚步，抬头看他："我其实是一个病人，我得了肌肤饥渴症。"说完，张芊茹又用英文重复："Skin hunger."

乔治的眼里满是怜惜。他伸出手，轻轻地将张芊茹拥入怀里。他的手，那双有着修长骨节的手开始轻轻地抚摸她，从手臂到肩膀再到头发。乔治的手温暖干净，它带来的抚摸没有情欲，指尖传递的是一种温柔的怜惜。张芊茹把头靠在乔治的胸前，安静地闭上眼睛，像小猫般享受这温情的时刻。

然后，乔治轻轻地将张芊茹的脸抬起来，问她："OK？"

张芊茹点点头："OK."

"那，晚安。"乔治在张芊茹的额头轻轻吻了一下。

张芊茹微笑着转身，走进公寓。

这之后的很多年，张芊茹都会想起这个夜晚，乔治的拥抱和他的抚摸。这一切发生得如此出人意料却又如此顺理成章，那是一个男人对一个女人最大的善意，这种善意叫作安慰。每念及此，张芊茹的心里就变得格外坦然。

李晶出人意料地给罗卷益打来电话。还是那让他魂牵梦绕的女低音："罗医生，这次多亏您及时抢救，否则后果不堪想象。我出院走得太匆忙，没有来得及当面给您道谢，今晚您有时间吗？能否赏光一起吃饭？"

罗卷益拿着手机不知如何回复。李晶继续说："我买了菜，今晚我下厨给您做几个家乡菜，就是不知道我的厨艺合不合罗医生的胃口。"

"你真是太客气了。"罗卷益有些兴奋也有些紧张，只能在电话里机械重复着这句话。

"那晚上六点见，等下我把地址发给您。"李晶说完，立刻收线，没有给对方推辞的机会。

不一会儿，李晶发来短信，地址是二环边的一个普通小区。

这一天，罗卷益提前下了班。他开着车，按照短信上的地址找过去，发现是位于望江楼公园附近的一个中等规模的小区。小区砖红色的外立面已经有些斑驳，中庭里的运动设施陈旧残缺，一个贴着蓝色瓷砖的游泳池空置着，里面落满了枯黄的树叶。罗卷益实在无法把这个以工薪阶层为主的楼盘和雍容富贵的李晶联系起来。

李晶在楼道里迎接罗卷益。她素面朝天，头发扎成一个高高的马尾，身上是一件白衬衣配牛仔裤，腰上还系着一条碎花布围裙，清纯朴素得犹如女学生。李晶向罗卷益微笑，轻声称呼他罗医生。罗卷益有些拘谨地朝她点头，慌乱中习惯性地伸出了右手。李晶微微一愣，立刻迎上去，握住了罗卷益的手。

李晶把罗卷益迎进房间。这是一个装修普通的两居室，面积不会超过八十平方米。见罗卷益狐疑的神情，李晶说，这套房子是她用自己炒股的收入购买的，虽然是二手房，面积也不大，但好歹是靠自己的能力买下来的，平时到市区办事她都会选择在这里休息一下。末了，李晶还不忘解释："我平时住麓湾国际，那边距离你们医院太远了，所以还是选择在这里请您吃饭，希望您不要介意。"

"怎么会，这里挺好，我很喜欢。"罗卷益知道，麓湾国际是出名的高尔夫别墅区，李晶这样的安排颇有些善解人意。

客厅里挂着的一幅油画吸引了罗卷益的目光。画布上是漫天大雪，一座雄伟的古城门在雪花里静默，城头一盏红色的灯笼摇曳，是白色天地间的一点红。罗卷益感叹："很少有女孩子的房间会挂这样的画。"

"哦，这是剑门关，是我的家乡。"李晶扬起那张不施粉黛的脸，认真地对罗卷益说，"罗医生，您可能还不知道，我就是剑阁人，是从小在剑门关下长大的乡下丫头。看着这幅画，就像回家了一样。"

此时，厨房里的高压锅发出"扑哧扑哧"的响声。李晶说："我保证五分钟内开饭，今天我做的全是家乡菜，希望您这位大医生能够喜欢。”

五分钟后，一桌丰盛的饭菜端上了桌。让罗卷益意外的是，这竟然是一桌豆腐宴。七八个五颜六色的菜肴，竟然全是用豆腐做成的。

李晶介绍说，这些豆腐都是她今天早上从剑门关镇买来的正宗剑门关豆腐，豆腐用剑门山区特有的黄豆做成，加的水是剑门七十二峰的“剑泉”水，这样做出来的豆腐才细嫩鲜美，有着独一无二的口感。

“你是说，你为了这些豆腐跑去了剑门关？”罗卷益有些惊讶。

“对啊，剑门关豆腐不能过夜，只能现买现做，否则就没有那种鲜嫩的味道。我下午给您电话的时候，刚刚从剑门关回到成都呢。”

罗卷益心头一热，没想到李晶平时看起来冷冷的，对人却还有如此的诚意。

李晶开了一瓶红酒，给自己和罗卷益斟满。她举起杯，用那双瞳孔黝黑的大眼睛定定地看着罗卷益：“罗医生，大恩不言谢。”

不等罗卷益开口，李晶一仰头，将杯中酒一饮而尽。

罗卷益伸手挡住她的杯子：“你刚动完手术，尽量少饮酒。”

李晶嘴里说着“没关系”，嘴角却有一丝不易察觉的苦笑。“您不知道，我的酒量好着呢，最高纪录是喝下了三瓶红酒。”

“那你肯定被拉去医院抢救了。”罗卷益随口补上一句。

“您怎么知道？”李晶惊讶得把眼睛睁得大大的。

“这是起码的医学常识，人体分解酒精的能力是有限的。对了，你能不能不要总是用‘您’来称呼我呢？”

“那我应该怎么称呼您呢？”

“看看，又是‘您’，就叫我老罗吧，医院的同事都这样称呼我。”

“那怎么行，多不礼貌啊。这样吧，就叫罗老师吧，您学问好、学历高，像我这样连大学都没有读过的野丫头，真的应该叫你一声‘老师’。”李晶说得很是恳切，一边说一边把一块口袋豆腐夹到罗卷益碗中。

关于李晶的一切都是那么神秘，罗卷益没有想到，这个美丽女子有着那么多出人意料的故事。

李晶似乎看穿了罗卷益的心事，她放下筷子，轻轻地说：“我是个不讨喜的人。家里穷，只靠爸爸一个人在外地当民工寄钱回家。妈妈生我的时候，上面已经有三个姐姐了，原本没打算要我，最后勉勉强强生下来，就放在家里当小猫小狗一样地养着，竟然也就长大了。”

李晶垂下眼睛，长长的睫毛在脸上留下两道阴影。

“其实我挺喜欢读书的，成绩也不错。可惜读初中的时候，爸爸在工地上摔断了腿，丧失了劳动能力。家里的经济来源忽然断了，我就只得辍学，跟着亲戚到外面打工养家。”

罗卷益低头看着李晶的手。那是一双和她的美貌极不相称的手，骨节粗大、皮肤粗糙、手指发红。他不记得谁说过，看一个人的出身，看他的手就够了。一个人的经历，总会从他的手上看出端倪。

李晶并不忌讳，她将手抬起来，一边上下翻转一边说：“你是觉得我这双手很粗壮粗糙吧？这双手从小就得做家务、干农活，每到冬天都会长满冻疮、奇痒无比。后来出去打工，在作坊里当纺纱工，每天要纺十个小时的纱，手指总是被纱线勒得通红，晚上常常疼得睡不了觉。”

罗卷益的视线一直没有离开过李晶的手。他的心里充盈着怜惜，这双难看的手背后，隐藏着一个女人多少的心酸和委屈？

“不过现在好多了。”李晶再度开口，“四年前我嫁人了，是个有钱人，这下总算把家里的经济问题解决了。父母的生活费不愁了，连三个姐姐家里我也能贴补了。不过，有钱人家里的规矩多、要求也多，第一条就得开枝散叶，生儿育女。偏偏我这肚子也不争气，试管婴儿折腾了四年都还没有结果。再这样耽误下去，估计老公得去外面找别的女人生孩子了。”

说到这里，李晶重新仰起脸：“罗老师，我说得这样直接，该让您看不起了吧？”没等罗卷益有所反应，李晶又继续说：“我是个不讨喜的人。像我这样的人，好不容易从家里的累赘变成了救星，一家人眼巴巴地望着我拿钱回去，我是没有退路的，只能硬着头皮撑下去……”

罗卷益凝视着面前的女子，心中翻腾起复杂的情绪。隔了好久，他才吐出一句：“可是，你快乐吗？”

“什么？”李晶看着他，听清了似乎又没听清。

“我是说，你自己，快乐吗？”罗卷益的声音有些沙哑了。

这下，李晶听清楚了。她怔怔地看着面前一脸怜惜的男人，张了张嘴，却无言以对。是的，我快乐吗？她身边围着许多人，却从来没有人问过她，你快乐吗？

李晶的眼睛里渐渐升腾起一片泪水。她的嘴微微嘟起来，像一个受尽委屈的小孩。眼泪滴落下来，一颗一颗，止也止不住。

罗卷益递过来一张纸巾，李晶没有伸手去接。罗卷益的手在空中只停顿了一下，就毫不犹豫地伸过去，小心翼翼地、一点一滴地为她擦去脸上的泪水。

李晶的眼珠转过来，隔着一层泪水凝视着面前的男人。那颗钻石般的小圆痣在泪水里闪着光，那是罗卷益此生逃不掉的光亮。不知什么时候，他的双手捧起了李晶的脸，这冰冷苍白却又格外美丽的脸庞。这张脸让他心慌意乱、忐忑不安，这张脸在他梦中若隐若现，捉摸不定，现在，这张脸就在他的面前、他的手心里。他的脸慢慢俯下来，轻轻地吻下去，不是她的嘴唇，而是她脸上那一行一行的泪迹……

有生之年，狭路相逢，终不能幸免。

# 十四

张芊茹接到母亲的越洋电话，正是纽约的午饭时间，她和 HB 公司的几位亚裔同事挤在一家越南餐厅热闹地聚餐。

看到母亲的来电，她有一丝不祥的预感。要知道，现在可是国内时间的凌晨一点多。果然，母亲在电话里的声音焦急而无助："芊茹，不好了，不好了，你爸爸刚刚在厕所里晕倒了，我看好像是中风了！"

张芊茹只觉得头脑里一片轰鸣，好半天才回过神来。"妈，别急，快打 120，然后……然后……给罗卷益打电话，让他第一时间赶过来！"此时此刻，张芊茹心里第一个想到的就是罗卷益。

挂断电话，张芊茹立刻给丈夫拨去电话。罗卷益刚刚睡着，听清原委，马上翻身下床穿衣服。"我马上赶过去，告诉你妈妈，在医生没有来之前，千万不要搬动你爸爸的身体，你爸爸有高血压，中风的可能性很大。"

张芊茹向 HB 请了假，订了最近一班回国的航班。辗转飞行二十多个小时，才回到成都。拖着疲惫的身体，她直接冲到医院。可是一切都晚了,母亲冲过来一把抱住她："你爸爸，三个小时之前，已经离开我们了。"

张芊茹睁着一双大眼睛，手拽住衣领哆嗦个不停。"怎么回事？卷益，怎么回事？"

"是中风，缺血性脑中风，脑梗死。抢救了整整八个小时，还是无能为力。"罗卷益的声音沉重而沙哑，这二十多个小时他一直没有合过眼。

张芊茹只觉眼前一黑，晕倒在罗卷益的怀里。

等到她苏醒过来时，发现自己已经躺在病床上，手背打着点滴。

"你只是低血糖，输点葡萄糖就好了。"罗卷益坐在病床边轻声说。张芊茹这才想起，二十几个小时的辗转飞行，她只是在飞机上吃了几片面包而已。

"我妈妈呢？"想到母亲,张芊茹的心不由得疼痛起来，她下意识地要坐起来。

罗卷益急忙按住她的双肩。"我让海涛送你妈妈先回家休息，诗诗会照顾你妈妈的。"

"还有，爸爸后面的事情……"张芊茹艰难地说着，她依然无法接受父亲就这样离开了自己。

"你放心，有我在，我会来安排的。"罗卷益握住了妻子的手。罗卷益的手温暖有力，这一刻，张芊茹觉得自己前所未有地依赖着面前这个男人。

疲倦很快让张芊茹再度陷入睡眠状态。朦胧中，她看见父亲站在床前。还是她去美国前，回娘家看他时的模样，穿着那套细格子的家居服，外面套着一件羽绒背心。父亲说：“小茹，没有想到那天你来家里，竟然是我们父女的最后一面。人生无常，但后会有期。你不要太难过，人终究是要走的。我走了，你还在这个世界上，你的血管里流淌着我的血，我的生命还在这个世界上延续。只是临别之际，爸爸想告诉你，你从小到大，一直活在自己的世界里。这好，也不好。不管你用什么样的方式生活，爸爸只是希望你能懂得生命的意义，珍惜自己的人生，好好地活着。”

说完，父亲的身影像水泡般一点一点消失在空气中。张芊茹猛地睁开眼，泪水已经模糊了她的双眼。阳光照射到她的病床上，是成都秋天难得的艳阳天。遇到这样的好天气，爸爸总会将他的太师椅搬到阳台上，一边喝茶晒太阳一边看书听昆曲。现在，成都的太阳又出来了，爸爸，爸爸，你在哪里？你能晒到这美好的太阳吗？

张芊茹是家中的独女，作为女婿的罗卷益责无旁贷地操持起岳父的身后事。罗卷益把岳父的灵堂搭在专家楼下的花园里，每天前来悼念张父的亲朋好友、同事下属络绎不绝。张芊茹悲痛欲绝、无暇顾及，里里外外全靠罗卷益一个人张罗着。张芊茹看着丈夫忙前忙后的身影，禁不住在心里感叹,婚姻就像一把雨伞,晴天的时候放在一边不会在意，一旦刮风下雨，才知道雨伞的重要。

灵堂搭建起来的第二天，一个陌生的身影出现在张芊茹面前。这是一个五十多岁的女性，身材消瘦修长，一身黑衣黑裤，头发在脑后挽成一个髻，整个人显得清爽利落。她手里拎着一个大大的尼龙包，尼龙包的带子上还系着一个保温杯。她就这样风尘仆仆地径直走到父亲的遗像前，一瞥见照片上的父亲，两行热泪就从她爬满皱纹的脸上滚落下来。

女人对着父亲的照片深深地鞠了三个躬，然后转身，有些犹豫地看着张芊茹。“请问，你是张家女儿张芊茹吗？”

“对，我就是，请问您是？”张芊茹努力在记忆中搜索，依然想不起面前这位气质出众的阿姨究竟是谁。

“小月，是你吗？”张芊茹身后响起母亲惊讶的声音，“真的是你吗，小月？你怎么来了？”

女人的视线越过张芊茹的肩膀，注视着母亲，脸上的表情由紧张渐渐转为歉疚。“师母，实在抱歉，也没有通知您一声，我就这样贸然跑来了。我只是……只是想来送送张教授……”说到这里，女人的眼眶又红了，大滴大滴的眼泪滚落下来。

“唉……”母亲长长叹了一口气，眼泪不由自主地流了下来。没有来由的，母亲对着她说："都过去了，都过去了……"

低头看见女人手里的尼龙包，母亲问："你是从阿坝赶过来的吗？你现在还在那里吗？"

"我昨天傍晚才听说张教授去世的消息，连夜赶到州府马尔康，今天一早坐头班车赶来成都。师母，我这么多年一直在壤塘县教书，明年就该退休了。"随着女人的回答，张芊茹这才注意到，女人的脸颊上有两块高原红，皮肤也是黑中带红。

"这一路累坏了吧？你今晚住下来，楼上有客房。芊茹，帮你小月阿姨把行李放到楼上去。"这个叫小月的女人闻听母亲所言，连忙向后退了几步，她像受了惊吓一般，嘴里一叠连声说："不用了，不用了，我只请了两天假，今天就得往回赶了。"

说完，她拎着包，就要告辞离开。

"小月，"母亲忽然叫住她，脸上抽搐了几下，又重复着那句话，"都过去了，都过去了……"

小月回头，热泪盈眶地看着母亲，嘴唇颤抖了好久，才说："我该走了，来看过了，就知足了。"

说完，这个女人一边抹着眼泪一边头也不回地离开了灵堂。

女人的背影像一个忧伤的音符，久久回荡在张芊茹的心中。她忍不住询问母亲："这个小月阿姨究竟是谁啊？"

母亲看看她，低声说："她是你爸爸的学生，也是你父亲今生最愧对的一个女人。那个时候，你已经上初中了，你爸爸差点为了她和我离婚。但是最后，你爸爸还是选择了这个家。她接受不了，主动申请去阿坝藏区援藏，这一走，就再也没有回来过。"

母亲说完，神色黯然地坐下来，凝视着遗像里的丈夫。"这么多年，我一直不敢承认，在你爸爸心里，小月是他一辈子的遗憾。直到他离开这个世界，这个遗憾都一直留在他心里。"

张芊茹看着母亲，有些不相信自己的耳朵。"妈，从小到大，我一直以为，你和爸就是小说里所写的那种相敬如宾的恩爱夫妻。"

母亲的嘴角滑过一丝苦笑："谁的家庭没有隐藏一些肮脏的小秘密呢？"

"你恨她吗？或者恨爸爸吗？"

"以前恨，今天忽然不恨了。"母亲低头揉搓着一条用来擦眼泪的手绢，当她再度抬起头时，轻声说，"毕竟，他们两人是真心相爱的。"

这天夜里，罗卷益陪伴张芊茹在父亲的书房整理遗物。父亲有大量的藏书、书稿以及书画习作，将这些宝贝打包整理、分类收藏就成了张芊茹义不容辞的责任。

在书桌的抽屉里，张芊茹发现了一个木头盒子。盒子有鞋盒般大小，上面雕刻着精致的花纹，一把铜锁将盒子紧紧地锁住。罗卷益找来工具将锁撬开，打开一看，里面装的是一摞厚厚的笔记本。

张芊茹和罗卷益对视一眼，张芊茹取出这些笔记本，数一数，整整有八本。深吸一口气，张芊茹随手翻开一本，不出所料，这是父亲的日记本。

这一晚，张芊茹躲在书房里一本本翻阅着父亲的日记。这是第一次，她走进了父亲的世界。日记里，父亲记载着自己的日常生活和点滴感悟，文字平淡，却又让人回味无穷。父亲在日记里常常有情绪的流露，高兴、不满、伤感、愤怒，都一一记录下来。张芊茹这才发现，记忆里那个稳重深沉、荣辱不惊的父亲，原来内心还有如此丰富复杂的情感与情绪。

翻开某一年的三月二十五日，那是母亲的生日。父亲在日记中写道：

今天是妻的生日。我买了生日蛋糕回来，还做了她最喜欢吃的松鼠桂鱼。我和女儿为她唱生日快乐歌。她很高兴，一种理所当然的高兴。当然嘛，她是胜利者。在生日蜡烛的光里，我看到了小月的脸，那是一张流着泪的脸，让我疼。我终究要蜷缩在这个家里，蜷缩在妻子和女儿的眼神里，懦弱地过完一个好丈夫、好父亲的一生。我恨我自己。

父亲的文字让张芊茹大为意外，那个在她眼里深爱着母亲和自己的父亲，竟然有着这样隐秘难堪的内心世界。甚至在一页日记里，父亲这样描写着她这个女儿：

今天芊茹回家来，给她看几位小伙子的照片。她心不在焉，我知道，她忘不掉的还是那个有妻有女的歌唱演员。给她重点介绍了一位留美回来的医学博士，她却推开照片，说，你们满意就好。那眼神，倔强，带点自我毁灭的快感。那眼神，来自她的母亲。我毕生都憎恶这样的眼神，她却轻易地遗传给了女儿。

看着这些日记，张芊茹的胸口犹如堵着一块巨大的石头，一个人真实的内心世界，是会让人惊讶得有些害怕的。放下这些早年间的日记本，她打开最近的一本，正好翻到小铃铛来家里的那日。父亲在日记中写道：

这个叫小铃铛的孩子，让我笑，让老伴笑，让我们的晚年生活都忽然笑了起来。老伴偷偷对我说，要是我们也有个自己的孙子该多好。我只能笑笑。每个人都在选择自己的生活，芊茹对她的人生做了选择，我们做父母的又能如何？只是隐隐有些担心，如果有一天她的母性回归，不知道老天还能否给予她一次成为母亲的机会。

一直往后翻，父亲的日记持续记录，直到发病的当天。这天，父亲在日记里写：

一整天都待在书房里，点了藏香，泡了普洱茶，但心情却持续低落。今天是一个纪念日，是小月离开的日子。整整二十五年了，竟然就没有再见面。近来身体愈发不好，时日向晚，空余愧疚，也只能这样了。

张芊茹眼前又浮现起了小月那张泪水涟涟的脸。就在这天晚上，父亲中风一病不起，他终究还是倒在了自己的纪念日里。

张芊茹合上日记本，将这八本日记重新放进木箱子里。她对罗卷益说：“来，我们把锁重新锁上吧。”

第二天，父亲火化。罗卷益一家陪着张芊茹母女去火葬场见父亲最后一面。

父亲躺在火葬场的传送带上，昔日伟岸的身躯已经收缩成白布下一个干瘦的躯体。母亲哭得浑身抽搐，由诗诗搀扶着退到了一边。

张芊茹走过去，从罗卷益手里接过那只重新上锁的木箱，她轻轻地撩起白布，将木箱放在父亲身边。凝视着父亲那张熟悉的脸，此生，这是最后一面。她忍不住伸出手，轻轻触碰了一下父亲的脸庞。父亲的脸那么凉，这是血液下沉、生命消失所带来的冰冷感觉。这种前所未有的冰冷由指尖迅速传递到大脑，让张芊茹禁不住打了一个哆嗦。她知道，这种冰冷叫作死亡。她一直以为死亡离自己十分遥远，现在，死亡就在她面前，触手可及。

张芊茹忽然想起父亲在梦中说的那八个字：人生无常，后会有期。活到四十岁，这一刻，她才开始真正面对生与死这个永恒的人生课题。父亲说得对，人终究是要走的，他虽然走了，但是他的血还在女儿的血管里流淌，他的生命还在这个世界延续，他并未曾真正离开。

在这个特殊的时刻，张芊茹忽然很庆幸自己是一个女人，身为女人，她就有了延续生命的能力。她的身体能够孕育生命，她的血脉传给未来的小生命，生生不息，这世间，就未曾有谁真正离开过。

张芊茹只觉头脑间一片澄明，有一种顿悟后的清醒和平静。她轻轻地对罗卷益点点头。在罗卷益的示意下，工作人员按下了按钮，传送带开始工作，将父亲一点一点传送到另一个世界，和他相伴的，是他锁在木箱里的所有秘密。

张芊茹在心里对父亲说，爸爸，再见，后会有期。

# 十五

休养一个月，李晶重新进入试管婴儿移植周期。

自从上次家宴之后，她没有再和罗卷益见面。两人互加了微信，偶尔微信联系。李晶会在微信里询问休养期间卵巢保养的事，罗卷益似乎很忙，回复得并不及时。直到在朋友圈看到罗卷益发出的讣告，李晶才知道他家里的变故。

李晶给罗卷益发出一条微信：节哀顺变，勿太伤心操劳。

罗卷益看到这条微信的时候，刚刚从火葬场回到专家楼。将张芊茹母女安顿妥当之后，他无力地靠在客厅沙发上休息。下意识地拿起手机，径直点开了微信。自从添加了李晶的微信号之后，随时查看微信消息就成了罗卷益日常生活的重要内容。李晶的这句问候让他心头一热，思索了一会儿，他简单地回了两个字“谢谢”。心里有一种隐秘的欢喜，感觉两人之间已经有一种老友般的亲切和默契。

他禁不住又想起那晚在李晶家，他留在她脸上的吻。

李晶在他温柔的亲吻里彻底融化，动作比他还积极主动，但是最后，罗卷益却放弃了。他将李晶解开的衬衣扣子一颗颗扣回去，伏在她耳边说，你刚做了手术，这样对你不好。

因为自己的克制和理性，罗卷益再度见到李晶时，并没有想象中的紧张和尴尬，他甚至有了一种站在道德制高点上的优越感。他坐在问诊室里，安静地看着李晶，轻声地了解她休养期间身体的恢复情况。倒是李晶，一直低垂着眼帘，偶尔看一眼罗卷益，眼神明亮得熠熠闪光。

罗卷益给李晶开了 B 超检查单。“现在是你月经的第三天，得做一个 B 超看看这个月基础卵泡的情况。”考虑到 B 超检查的人太多，罗卷益特地给海涛打了电话，让李晶去海涛的特殊周期办公室。那里有独立的 B 超室，海涛可以优先给她检查。

李晶拿着检查单感激地站起来：“罗老师，你好像瘦了，要注意身体啊。”

她叫他“罗老师”，这小小的变化连同她的关心，让罗卷益的心里荡漾起一层又一层温柔的涟漪。没等罗卷益有所回应，李晶晃动着纤细的身姿，轻轻地走了出去。

特殊周期办公室和罗卷益的办公室不在一个楼层，这是一个里外两进的大套间，外间是办公室，里间则是一个只为特殊周期病人服务的 B 超室。B 超室光线昏暗，只有两台检测显示器发出幽蓝的光亮。海涛戴着口罩坐在检测仪后，旁边是负责记录的护士小梅。每做完一例检查，海涛都会耐心地为病人讲解刚刚检查出的结果。

李晶走进昏暗的B超室，看见一个戴着大口罩的男医生正低头在本子上做着记录，她只得自报门户："我是罗卷益医生的病人，他让我到这里做检查。"

海涛抬起头，昏暗的光线里只看见一个长发女子站在门边。他对女子微微点头，用手示意她走到检查床这边来。海涛的视线还停留在记录本上，他只是向空中伸出手，接过了李晶递上来的检查单。此时的李晶坐在床边，俯身脱着脚上的系带皮鞋。护士小梅例行询问："叫什么名字？"

"李晶。"

"年龄？"

"二十八岁。"

海涛正拿出一个避孕套，准备撕开套在B超探头上，闻听对话，手忽然一抖，"吧嗒"一声，避孕套掉在了地上。此时，李晶已脱掉皮鞋，将身子立了起来。面面相觑，海涛看清了面前女子的脸，一张雕塑般的、精美绝伦的脸。海涛长长松了一口气，原来不过是巧合，一个同名且同龄的女子罢了。

李晶躺在检查床上，看见男医生拾起避孕套，一边撕开套在探头上，一边提示："女士，请您脱掉左边的裤腿，将裤子脱下去。"

好熟悉的广元口音。李晶不觉一怔，她下意识地微微支起上半身，要将这位男医生看仔细。

恰巧海涛也正望向她，四目相对，海涛清楚地看见了女子左眼瞳孔边，那一颗发着幽光的小圆痣。

是她？难道真的是她？

从男医生惊讶的眼神里，李晶也感觉出了异样。再仔细看他露在口罩外的眉眼，单眼皮、眼角微微上挑，浓厚的眉毛、右边眉梢处有一个浅浅的疤痕，这不是初中时从紫薇树上摔下来的伤疤吗？

难道，是他？

李晶满腹疑问地重新躺平身体，犹豫间脱下裤子等待检查。海涛拿着探头的手却迟疑了。难道和她竟然以这样尴尬的方式在人海中重新见面？

偏巧这时医生李雪来找海涛，她在B超室外高声地喊着："海涛，郑海涛在不在？"

海涛只得在B超室里应了一声。李雪撩起帘子站在门口通知他，半个小时后去三楼小会议室，召开紧急会议。

躺在检查床上的李晶犹如电击一般，海涛，郑海涛，原来真的是你！

从医院回到家，李晶觉得自己的大脑一直处在混沌状态中。她没有办法思考，整个人悬在半空中，摇摇晃晃、落不了地。

李晶轻飘飘地走上三楼的卧室，偌大的一栋别墅出奇的安静，几个用人进进出出，却没有一点声响。李晶走近那面落地穿衣镜，下意识地伸出手，一点一点触摸着自己的脸。这是一张多么美丽的脸啊，眼睛、鼻子、嘴唇犹如雕塑般精致，美艳绝伦得连海涛都认不出来了。他当然认不出来，这张脸早已经不是当年的那张脸，它是一件艺术品，是历经五次面部整容手术、无数个疼痛的日夜之后，在手术刀下诞生的艺术品。

变脸。

想到这个词，李晶嘴角禁不住浮起一丝自嘲的笑意。变的何止是这张脸，还有她整个的人生。她以为自己就此华丽转身，和过去一笔勾销。却没有想到，和海涛的意外重逢，一瞬间就将她打倒在地，如画皮般抽筋剥皮，显出原形。

海涛，郑海涛。六年来，这个名字是划在她心尖上的一道伤，只要轻轻一碰，就会血流如注、疼痛不已。六年来，她刻意淡忘他的一切包括他的五官，却常常在梦中看到他倒在海上皇夜总会的地板上，眼睛在血泊中闪着泪花……

那是他们的最后一面。

六年前，重庆寒冷的冬夜，海涛终于在海上皇夜总会找到了她。她正在包间里陪虎哥喝酒，化着浓妆、穿带亮片的露背长裙，被虎哥搂抱着连灌三大杯红酒。包间门被打开，海涛出现在了众人面前。他铁青着脸，径直走到李晶面前，将她的手死死拽住。他说："你跟我走，我不能让你在这样见不得人的地方。"

虎哥歪着眼，打量着面前这位不速之客。看清楚不过是一个戴着医学院校徽的毛头小伙子，他的嘴角滑过一丝冷笑。手一挥，四五个身材魁梧的打手一拥而上，将海涛团团围住。没有几个回合，海涛就被打倒在地，浑身是血。

李晶跪在虎哥面前苦苦求情，虎哥勉强让手下人停了手。在夜总会迷离的灯光下，虎哥指着她的鼻子说："我放了他，你得听话。"

是的，她得听话。她被虎哥揪着头发拉到海涛面前，对着他流满鲜血的脸，一字一顿地说："我现在是虎哥的女人，你死了心，我们一刀两断！"

海涛趴在地板上，已经说不出话来。他吃力地抬起满是血污的脸，深深地看了她一眼，似乎要把她看进自己的生命里。他的眼里闪烁着泪花，还没有流下来，就已经昏了过去。

从这一晚起，李晶就让海涛彻底消失在自己的世界里。她不但做了虎哥身边的女人，还在虎哥的安排下，去了一家地下整容院。五次面部手术，撕心裂肺的疼痛之后，李晶由那个相貌平平的乡下丫头，变成了一位沉鱼落雁的美人。

虎哥请来礼仪老师教她坐卧行走、谈吐应酬。渐渐地，李晶举手投足间满是优雅高贵，完全没有乡下丫头的青涩，更没有夜总会小姐的风尘。她成了海上皇夜总会的头牌，是虎哥专门用来打点政商要员的通关神器。好在没过多久，虎哥就东窗事发，被绳之以法，她这才得以逃离魔掌。

由重庆辗转来到成都，顶着一张整容脸，在房产公司当起了售楼小姐。靠着夜总会里阅人无数的老道以及历经风雨后的人情练达，她的销售业绩节节攀升，最终由员工变成了老板娘，成为亿万富豪的第二任妻子。

经历完这一切，她也不过二十五岁。见识了人性的丑陋和残忍，她脱胎换骨，没有了一般二十五岁女孩的单纯浪漫。她知道自己要的是什么，不多愁善感，也从不悲天悯人，她只是冷静地去解决自己生活中一个又一个问题。佛来杀佛，魔来斩魔。

她冷冰冰地活着。

此刻的海涛同样感觉双脚悬空，漂浮不定。他坐在小会议室里，生殖中心主任正在滔滔不绝地大讲医生的职业道德和职业素养，而他的脑子里却忽然晃动起一棵紫薇树的身影。那是一棵生长千年的紫薇树，长在老家剑阁梁山寺的庭院里。每年紫薇树上会开出硕大的花朵，压得枝头弯弯的，孩子们就会趁大人们不注意，偷偷爬上去摘下几朵来。

海涛下意识地摸了摸自己的眉毛，那里有一道浅浅的伤疤。耳边似乎响起了李晶的声音。十五岁的李晶背着书包站在紫薇树下，她说，海涛哥哥，快看，树尖上那朵花好大啊……我想要。于是，海涛爬上树，给她摘花。他总是满足她的要求，他喜欢看到她的笑容，他害怕她的眼泪。

没想到，脚下踩着的树枝不堪重负，忽然断裂。海涛猛地跌落下来，头碰到石头上，血流如注，李晶扑上去，抱着他，号啕大哭。从此，他的眉骨上留下一道消磨不掉的疤痕。

李晶的哭声从记忆深处飘来，她是一个多么喜欢流泪的女孩啊。他考上了重庆的医科大学，离她打工的地方很近。那年冬天，她坐了六个小时的慢车来看他。凌晨两点，在寒冷的菜园坝火车站，李晶看到他的第一眼，就开始哭泣，她的眼泪浸湿了他的整个肩膀。没有钱住酒店，他带着李晶去看通宵录像。寒冷肮脏的录像厅里，两个卑微的生命彼此相拥着取暖。

他去过她打工的作坊。空气污浊的小厂房，她机械麻木地纺线织纱，两只手被纱线勒得通红。工头会时不时地走过来巡查，谁手脚慢了，他就会用粗俗肮脏的词语高声责骂一番。他看着心疼，他把她的手放在胸口说："你等我，等我毕业赚钱，你就不用再受罪了。"

老天偏偏没有眷顾这对苦命鸳鸯。大三，海涛的父亲忽然得了胰腺癌。面对庞大的医疗费用，海涛一筹莫展，被迫做出了退学的决定。幸亏最后郑家得到了社会爱心人士的资助，海涛才得以继续学业，渡过难关。

苦难的日子似乎没有尽头。有一天，李晶失踪了。她从纺织作坊离开，谁也不知道她的下落。海涛发疯一样地找她，终于有了消息，却是李晶进了海上皇夜总会。

一瞬间，海涛的眼前又晃动起海上皇夜总会迷离的灯光、挥舞向他的拳头，撕心裂肺的疼痛。那一夜，是他作为男人的耻辱之夜。他是那么懦弱无力，他保护不了自己的女人，任由她被人欺凌侮辱。他以为自己会被打死，死了反倒好，可惜他偏偏活了过来。躺在手术台上，他知道，从前的自己真的已经死了，活下来的，是另一个郑海涛。

从此之后，他刻苦努力，顺利地取得研究生毕业资格，以优异的成绩进入了众人羡慕的康华医院工作。在医院里，他工作努力，为人低调沉稳，深得大家的赞许。只是，他一直没有再谈恋爱。说媒的人多，他却总是提不起兴趣。他想，倒不是忘不掉那个让他遍体鳞伤的女人，他只是觉得累，没有兴趣。

渐渐地，年纪大了。人总得结婚成家吧，于是，经罗卷益撮合，他认识了罗诗诗。这个单纯善良、开朗活泼的姑娘给他带来了另一个世界。和她相处，他总是那么轻松自在、简单舒服，这样的女孩做妻子，再合适不过。很快，海涛和诗诗就结了婚，过上了平静简单的生活——他所期盼的生活。

整整六年，他没有再见到过李晶，甚至没有再想起过她。除了瞳孔边那颗小圆痣，她的脸、她的一切都是那么陌生。她这六年究竟经历了些什么？她现在过得怎样？想到这里，海涛猛地摇了摇头，强迫自己立刻切断思维。她是和自己不相干的人。

# 十六

料理完父亲的后事，张芊茹和罗卷益回到了自己的家。不过是一个月的光景，两人重新相对而坐，竟然有了恍如隔世的沧桑之感。这一个月，两人都遭遇了翻天覆地的变故和冲击。张芊茹去了纽约，拥有了乔治的拥抱和爱抚；罗卷益赴了李晶的晚宴，把吻留在了她的脸上。但是夫妻俩却又一起携手，度过了至亲去世的艰难岁月。罗卷益尽心尽力操办葬礼，作为这个家里唯一的男人，他给予了妻子一家最大的帮助和照顾；张芊茹前所未有地依赖着丈夫，从琐碎日常到精神安慰，她都需要他。她忽然明白了一个道理，一个女人的生活里必须得有一个随时可以挺身而出、出手相助的男人。

罗卷益瘫坐在沙发上，疲惫让他不想言语。张芊茹坐在他身边，用红泥茶壶烧了水，取出罗卷益最喜欢的云南布朗山古树茶叶，温杯、洗茶，然后把一杯金黄发亮的好茶递到丈夫面前，颇有点举案齐眉的意思。罗卷益接过茶杯，捧在手心里，浅浅品尝。两人无话，却自有一种相濡以沫的情分。

“我想当母亲，非常渴望。”张芊茹开了口。

“哦。”

“我们尽快恢复试管周期吧。”

“哦。”罗卷益点点头，又补充一句，“你放得下纽约的机会？”

张芊茹低下头，嘴角是一记含混的微笑。“除了生死，其他都是小事。”

“你像换了一个人。”虽然是一句感叹，罗卷益却依然平静。

罗卷益伸出手，轻轻地将妻子的手握住。这么多年来，妻子在他心目中的形象是那么优秀能干、独立强大，她像一道令人眩目的彩虹，常常灼伤他的眼睛。但是连日来，张芊茹的无助无望、对自己事无巨细的依赖，却和别的女人没有两样。他这才意识到，表面上再强大彪悍的女人，内心都是柔弱的、需要依靠的。

“不是换了一个人，只是，我对自己所要的，有了重新的认识。”张芊茹的手被丈夫握着，这是一种久违的细腻感受。

罗卷益有时候不得不佩服妻子，她永远知道自己需要什么，永远目的明确地生活下去。而他，却常常陷入一种茫然之中。当年一无所有的时候，他渴望功成名就，现在他拥有了当初所期盼的一切，却常常感觉苍白无力，了无生趣。直到李晶的出现,他沉寂的中年生活才有了一道耀眼的光。

想到李晶，罗卷益又忍不住看了一眼张芊茹。这是两个多么不同的女人啊，一个高贵精致，需要人仰视方可得见；而另一个，却是野草闲花，身上有无数解不开的谜团。面对妻子，罗卷益并没有想象中的内疚和忐忑。他想，一个四十五岁的男人，见惯了世间的风雨和风月，应该能够妥善安置自己的情感了吧？作为一名医学专家，没有人比他更了解人体从生理到心理的欲望和需求。在医生眼里，人本质上不过是一种动物，具有动物的一切生理属性，这种与传统道德相违背的行为，自有合乎逻辑的生物学解释。

道德和人性，思想家看重的是前者，而医学家理解的是后者。

这日，夏晓晨来家里看望张芊茹，给她带了云南布朗山新到的茶叶。“这款‘风茗丛来’是最近淘到的好茶，全是布朗山七百年古茶树上的茶叶，特地给你们留了些。”

两个女人窝在沙发里闲聊。张芊茹从父亲的后事聊到纽约的工作经历，在闺蜜面前，她没有忌讳，说到了乔治以及他的拥抱和爱抚。

“这算什么？你有情人了？”夏晓晨倒也平静，四十岁的女人，早已见怪不怪。

张芊茹摇头：“乔治是我工作上的好搭档，在生活中是我的好朋友，甚至在某种程度上，他是我精神上的父亲。我们不是情人，我并不觉得这是一种不道德的情感方式。我回来面对卷益，也没有不安和尴尬。”

“其实，明眼人一看就知道怎么回事。如果对你没有感情，他为什么对你这么好，辛辛苦苦给你争取去纽约工作的机会？你是千里马，这伯乐未免也太热情了吧。”闺蜜，总是说话一针见血、不留余地。

张芊茹托着腮，认真地思索着。“如果我希望和乔治的关系再往前进一步，也不是没有可能。可是我不希望，相信乔治也同样不希望。伟大的夏晓晨同志，男人与女人之间的情感状态，并不是床上床下、非此即彼那般武断和简单。”

夏晓晨微微一笑，说了自家单位的一段八卦。老局长多年来鼎力扶持一位女下属，把她从一个普通科员一路提拔到处长。虽然女处长确实能干优秀，但是单位里风言风语却很多，甚至还有人写了举报信。两人倒也坦然，庆幸一直克己复礼，没有越雷池一步，没有给敌人落下把柄。上面派人来调查一番，最后得出两人清白干净的定论。前几年，老局长心脏病发作忽然辞世，女下属哭得死去活来，比他老婆还悲痛欲绝。明眼人一看就知道怎么回事情，不就是一对畏首畏尾、没敢去爱的男女吗？男的这一走，女的一辈子就错过了。

“怎么着，你还鼓励我出轨吗？”张芊茹歪着半边脸看着夏晓晨。

“怎么会，你们是两个聪明人啊，把暧昧玩得如此炉火纯青、充满智慧。”夏晓晨由衷地感叹着，“彼此有了感情，不往前一步，也不后退一步，就放在那个刚刚好的位置，人畜无害。”

见张芊茹无话，夏晓晨微微摇着头说：“你的心里一直住着一个小女孩。小女孩是需要呵护、宠爱和撒娇的，罗卷益充当不了这样的角色。如果乔治不出现，也总会出现张治、王治、李治，来填补你内心的这个缺憾。因为他不是唯一，所以，就没有必要大动干戈、伤筋动骨地去越那个雷池了。”

房间里沉默了。夏晓晨的话一字一句都说进张芊茹的内心深处，将她心里朦朦胧胧、自己都来不及梳理的感受提溜得一清二楚。过了好半天，张芊茹才咬牙切齿地说：“夏晓晨，我他妈恨你。”

思考了一夜，张芊茹给身在纽约的乔治拨去电话。夏晓晨说得对，没有乔治也总会有张治、王治、李治出现，不过好在这个人总算出现了，而且，是乔治。

电话里，乔治的声音温暖而关切：“Grace，一切可好？上帝保佑你。”

“谢谢，我很好。乔治，我有个决定要告诉你——我不打算再回纽约了，我希望留在中国继续我的试管婴儿。我知道，你为了我能去纽约付出了很多努力，但是这次真的很抱歉。父亲的去世让我明白，人世间的事情，除了生死，其他都是小事情。所以，我现在要放下其他事情，做我生命中最重要的一件事。”张芊茹以为自己要说出这个决定会很困难，但一张嘴，却是如此轻松自然。

“Well…”乔治在电话里停顿了几秒钟，张芊茹甚至能够想象，此刻的他一定是用右手支着下巴做思考状，“Grace，我尊重你所有的决定。每个人都有自己的选择，你只要听从自己内心的声音就好了。”

“乔治，感谢上帝让我遇见你。”张芊茹说的是真心话，在乔治面前，她从来都不掩饰自己的情感，“只是，你为我能去纽约付出了很多努力，我这样的决定，让你的努力付之东流，真的太抱歉了。”

“不用太内疚，Grace，我现在可以告诉你了。其实，当初董事会的意见是倾向于由马丽来担任大中华区的 CEO。他们不是不信任你的工作能力，而是因为，HB 是母婴用品公司，我们更倾向于启用做过母亲、有母婴用品使用经验的人。所以，我才会向董事会申请，邀请你来纽约总部考察一个月，我希望给你提供一个机会，让董事会更加了解你。”

原来如此。

张芊茹长长吐出一口气，她输给了马丽，从她犹豫着要不要生育的那一刻起，她就注定要输给马丽。但是那又如何？这个职位最终花落谁家，对她已经不再重要。

张芊茹提前结束纽约之行，回到思瑞。公司里已经有风言风言，说张芊茹是为争夺HB的职位去纽约放手肉搏了，乔治对她的鼎力相助，也成为江湖上一段不可避免的八卦。看见张芊茹，汪季潮金丝眼镜后的双眼发着幽深晦涩的光："怎么提前结束了？去纽约工作的机会可不是人人都有的。"

张芊茹只是微笑，却无更多言语。

秘书Amy密报，汪季潮已经私下给董事会吹风，说张芊茹的纽约之行是为跳槽做最后的准备，提请董事会提前做好人事安排。

他终究还是出手了。张芊茹深深叹了一口气，山雨欲来风满楼，这场职场滑铁卢，不知道自己能否躲得过。潜意识里，张芊茹对汪季潮的帮助多多少少有点股票投资的味道。她最大的砝码，就是押注人性中的善意和知恩图报。却哪知，自己败得如此狼狈不堪。面对汪季潮的节节进逼，张芊茹有些束手无策，好在，还能维持一种平静的心态，毕竟是自己的选择，人生有得就有失。

一日，汪季潮和张芊茹一同出席政府组织的行业酒会，却和马丽迎面相遇。马丽乍见汪季潮，立刻露出难得的热情笑容。张芊茹太知道马丽了，能让她如此笑脸以对的，一定是能给自身带来巨大好处的人。看来，汪季潮要挖角马丽的传闻并非空穴来风。

马丽的眼神滑向汪季潮身边的张芊茹，表情立刻灰暗下来，眼神里聚集起越来越多的幽怨。她当然知道，张芊茹得到乔治帮助，前往 HB 纽约总部为跳槽热身。自己虽然也是候选人之一，但十有八九要名落孙山。马丽心中愤愤不平，不就是人年轻、长得漂亮、讨人喜欢吗？在这个看颜值、满是潜规则的世界里，从来只见新人笑，何人会见旧人哭？

而张芊茹的感受却恰恰相反，面对这个多年竞争对手，她的内心忽然失去了以往的敌视和戒备。没有了竞争，也就没有了对手。退一步海阔天空。她主动迎上去，和马丽打着招呼。

马丽的面部表情诧异地僵直了，勉强挤出几丝笑容："好久不见，这么快就从纽约回来啦？"

张芊茹微微一笑："变化总比计划快。"

哪壶不开提哪壶，汪季潮不怀好意地插话："马总，什么时候能听到你的好消息呢？听说你是 HB 大中华区 CEO 的热门人选。"

马丽表情一变，怨毒地看了一眼张芊茹，不再接话。

张芊茹识趣地走开，留下马丽和汪季潮窃窃私语。职场法则，管住嘴、迈开腿，场面尴尬、于己不利，张芊茹绝不恋战。

马丽把汪季潮拉到会场的角落，望一眼张芊茹的背影，压低声音询问:“她怎么提前回来了?难道是HB的事情提前搞定了?”

汪季潮摇摇头:“目前还不明确,她提前回来很突然,最开始以为是她父亲去世,结果料理完后事后,她就不再回去了。”

张芊茹远远地看着马丽和汪季潮在角落里交头接耳,诡异的表情,隐晦的眼神,像两只躲在暗处、伺机出击的兽类。张芊茹心想,我和他们是同类吗?但愿现在不是了。

重启试管周期,张芊茹变得十分安静。每天去医院打针,定期进行抽血,之前视为畏途的各种烦琐检查,她一个不落地坚持着。张芊茹奇怪自己的心情竟然可以平静得如高原上的湖泊,不急不躁亦不患得患失,只是一步一步走下去,行者转山般地慢慢接近生命价值的真相。

在检查室外等候时,她又碰见了赵小莉,那个留着蘑菇头,来自中江县城的年轻女子。赵小莉一脸纠结地从检查室里走出来,脸色苍白地坐在了张芊茹的身边。张芊茹转头问她:“什么情况?”

赵小莉睁着一双迷茫的大眼睛说:“姐,我的运气咋这么不好呢?只取了三个泡泡,结果配成功了一个鲜胚,本来今天是来移植的。但是刚医生说,质量不理想,建议养囊。”

如今的张芊茹已经慢慢熟悉了试管移植病人间的特殊

用语："你是说，你取了三个卵泡，只配对成功了一个胚胎？现在医生要建议把这个胚胎养成囊胚？那就听医生的吧。"

"但是，你知道不知道，这个风险很大！"赵小莉忽然提高声调，脸红脖子粗地嚷嚷，"养囊的风险太大了，人家好几个胚胎养囊都全部养死了，我只有一个胚胎，养死的可能性太大了！如果这唯一的一个胚胎没有了，我这一次的周期就全部失败了，又得从头再来过！进一次周期就得两三万，这个钱，我实在花不起啊。"

赵小莉的情绪并没有给张芊茹带来太大的不适应。来医院做试管婴儿的女人，大多在生理和心理上承受了巨大的压力，偶尔的情绪失控已经是司空见惯的事情了。"那你还是想今天移植吗？"

赵小莉下意识地咬住了自己的一只手指："但是我这个胚胎质量的确不好，如果今天移植进去，存活的概率很低啊！"

张芊茹摇摇头，替她叹了口气："那你想怎么办呢？"

"医生让我自己决定，我给老公打电话了，他马上赶过来商量。"赵小莉把头耷拉着，眼睛盯着自己的脚尖。

不一会儿，一阵急促的脚步声之后，赵小莉的老公出现了。这是一个皮肤黝黑的青年，身上穿着一件过时的双排扣西装，脚下是一双劣质的运动鞋。"怎么办？怎么办？左也不是右也不是，真他妈烦人！"男人一到，就扯着喉咙嚷开了。

赵小莉嘟着嘴，泪水已经在眼睛里打转。过了很久，她才怯怯地说：“医生让我们自己做决定……”

“决定个锤子！”男人一瞬间就爆发了，“你他妈怎么这么多事？自从和你结婚之后，就没有消停过。这试管都做第四次了，还没有个准信儿，你知道不知道，老子在工地打工有多辛苦，花这些冤枉钱，我真是倒了八辈子霉！离婚，老子要离婚！”

赵小莉终于“哇”的一声哭了出来。她用手捂着脸，眼泪就从手指缝里流出来。

张芊茹只觉得热血上涌，面对这个粗俗的男子，她有种要冲上去、扇他一个耳光的冲动。好在良好的修养还是最终让她坐在了椅子上。她对着男子低吼：“公共场合，请你说话文明点。”然后掏出纸巾，递给赵小莉。

旁边排队等候的病人纷纷围了上来，一群女人将赵小莉和她老公围在中间。

“你这个男人怎么这么不讲理呢？你知不知道我们女人搞个试管有多辛苦？”

“女人这个时候是最难受的，你不但不安慰她，还这样骂她，你还是不是男人啊？！”

“不要哭，这样的男人，我看离了倒好！”

……

在女人们的围攻下，男子忽然一屁股坐在地上，悲从中来，竟然也泣不成声："你们只知道说我的不是，你们知道不知道我有多苦，我在工地上没日没夜地干，挣的那点钱全让她来做这个劳什子的试管了。我老娘七十多岁了，一身的病，从来舍不得看医生，今天早上我出门，她心脏病犯了躺在床上，连吃个鸡蛋都舍不得。我们一家人省吃俭用图个啥？不就是想早点生个娃娃，续个香火嘛！"

男人一阵号啕之后，围观的女人们也沉默了。

此时，赵小莉抽泣着冲出了人群，向楼下跑去。

"还站着干什么？赶快去追啊！"张芊茹冲着男人喊。

男人这才回过神来，急忙追了出去。

张芊茹心情复杂地做完例行检查，拿着单据从罗卷益的办公室出来，却和一个身材高大的男人撞个满怀。男人俯下身，拾捡起她掉在地上的病历本，连声道歉。张芊茹仔细打量这个男人，五十开外，穿着一件 Zegna 西装，镇定从容，自有一种器宇轩昂的气派。她觉得这男人有些面熟，却记不得在什么地方见过，于是对他微微一笑，转身离开。

这个男人推开罗卷益问诊室的门，对着罗卷益自报家门："罗医生，冒昧打扰了，我叫陆羽臣，之前跟黄院长联系过，想来拜访你。"

罗卷益猛然想起，早上黄院长确实给他打过招呼，有位叫陆羽臣的实业家可能要来拜访他。能够惊动堂堂康华医院黄院长的人,想来也绝非等闲之辈。于是,罗卷益连忙起身,热情地和陆羽臣握手。陆羽臣递过来的名片上写着:羽臣集团董事会主席。

陆羽臣和罗卷益共进午餐,在医院附近一个雅致的餐厅。点的菜是几样清爽可口的养生菜,陆羽臣提议开瓶红酒,罗卷益以下午要工作为由婉拒,陆羽臣也不坚持。随身跟着的司机和保镖在包间里悄无声息地打点,安排妥当之后,双双向罗卷益微微鞠躬,就识趣地退了出去。

作为医生,罗卷益对商人有天然的心理距离。但是陆羽臣言行举止中的礼貌和尺度,却让他平添了几分好感。

陆羽臣没有一般生意人的啰唆和客套,说话很是简洁了当:"这次冒昧打扰罗医生,是因为集团的一个项目。"他告诉罗卷益,自己正在市郊谋划一个大项目,目标是打造全市首家五星级生殖医院,这家民营医院的核心竞争力,就是将引进美国生殖权威专家道威尔的全球顶级生殖技术专利 A15。

道威尔?听到这个名字,罗卷益不觉眼前一亮。

陆羽臣微微一笑:"实不相瞒,我也是冲着道威尔教授才来找你的。我们做过调查,你是道威尔唯一带过的中国博士。"

罗卷益也跟着笑了,和这个说话直接、不拐弯抹角的商人谈话，他反而觉得轻松：“不知道我能帮你什么呢？”

“当院长。”陆羽臣直截了当地吐出三个字。

“什么？”罗卷益怕自己没有听清。

“当院长。”陆羽臣斩钉截铁地重复，“这个医院由你来当院长，你是道威尔教授的高足，没有谁比你更适合了。至于薪酬福利，你完全不用担心，我会让你看到我的诚意。院长是年薪制度，保底三百万，根据医院实际收益再进行增加。或者，你也可以入股，成为这家医院的股东、进入董事会决策层，参与分红。”

“你这个项目现在进行到什么程度了？”

“医院的硬件设施已经基本到位，大楼修好了，装修也已经完成，相应的硬件设备也基本就绪。现在最需要的，就是道威尔的A15专利，如果能够成功拿下来，我们这家医院就成为整个西南地区乃至全国的顶级专科医院。”陆羽臣的介绍中肯全面，提到的未来美好蓝图很有煽动性。也许，这就是一个成功商人的基本素质。

这的确是一个机会，罗卷益不会不为之心动。作为业内专家，他当然知道导师道威尔A15专利的国际影响力，如果能成功引进，的确是国内医学界的一项里程碑式的重大事件。

放下筷子，罗卷益说：“请给我几天时间考虑一下吧。”

罗卷益第一个想要商量的人，是妻子张芊茹。

“是个机会。”张芊茹穿着睡衣听完丈夫的复述，给出了四个字的判断。她把一堆药片倒在掌心里，就着温水吞服进去。忽然想到了什么，她又提醒丈夫：“我想，他可以找到的院长人选绝非你一个，之所以会来找你，肯定是因为道威尔的缘故。”

罗卷益佩服妻子的精明，江湖风云，她总能一针见血地看出实质。

“反过来，这也是你的优势和资本。你是道威尔的学生，在中国，没有人比你更适合当这个院长。”张芊茹掀开被子钻进被窝。

“但是，要放弃康华医院的工作，的确有些舍不得。要知道，这是多少医生梦寐以求的位子啊。”和妻子的果断相比，罗卷益遇事总是喜欢瞻前顾后、犹豫不决。

“那得看你对自己未来的职业规划。”张芊茹把一个枕头塞在后背，依靠在床头，“康华医院卧虎藏龙、能人很多，论资排辈、熬年头是常态。你就熬下去，等你们主任退休了，可以从副主任升为正主任。如果你对自己未来的定位就是一个老实本分的医学专家，这样按部就班下去就 OK 了。但是，如果你对自己的职业未来还有更多的期许，康华医院就不是一个理想的平台。你需要一个让你真正独当一面的舞台。”

罗卷益也效仿妻子，将一个枕头塞在后背，靠在床头：

“我当年的许多同学，很多都从大医院里出来自立门户了，开私人医院的很多。无论从经济收入还是事业成就上来说，都比待在体制内强很多。”

说到这里，罗卷益又禁不住叹了一口气：“但是，出来自立门户，风险也很大。各种不确定因素加起来，没有在体制内平稳安全。”

这就是典型的罗卷益思维，永远在左右不定、犹豫不决中徘徊。

知夫莫若妻。张芊茹抽掉枕头，随手关掉台灯：“所有的选择都是有风险的，这得由你自己判断，谁也帮不了你。”

# 十七

罗卷益接到任务，参加省卫生和计划生育委员会组织的为期十天的基层义诊活动，他分到的义诊地点是广元青川县。周五，李晶在微信上看到罗卷益发的照片，就给他发来一条微信：您在青川？我正好在广元，让我一尽地主之谊？罗卷益看到这条微信，手机差点失手滑在地上。他把手机拿起又放下，内心犹豫掂量了几个回合，终究还是抵不过，回了一个字：好。

临行前，罗卷益给随行的助手张勇交代，自己要去广元市区办事，暂时离开两天。李晶开车来接罗卷益，车没有停在青川县医院里，而是停在医院对面街道的拐角处。开的也不是招人眼球的玛莎拉蒂，而是一辆看起来结实的陆地巡洋舰。罗卷益发现，李晶虽然年纪不大，但是待人接物却特别注重细节，总是给人舒适的周全与周到，他想，这个女孩虽然受教育程度不高，但是人情练达自成文章，这份世故是同龄女孩无法比拟的。

陆地巡洋舰从青川开出来，从金子上 G5 高速，一路向广元市区行驶。李晶的车开得很好，硕大的一台越野车，她驾驶得游刃有余，灵巧地穿梭在车流众多的高速路上。两个多小时后，到达广元城区。这是罗卷益第一次到广元市区，这个位于四川最北边的城市，鸡鸣三省之地，亦是女皇武则天的故乡。下得车来，罗卷益的第一个感受就是空气格外清新。他有鼻窦炎，在成都市区出行，常有不适之感。而在广元，清新的空气中甚至能闻到泥土和小草的清香。李晶告诉他，“5.12”地震之后，广元一直坚持低碳发展，“污染少、空气好，每次从广元回成都，我都有点不适应。”

已是晚饭时间，李晶说，要带罗卷益吃地道的广元美味。两人七拐八拐，在一条小巷深处停下来。这是一个不起眼的小食店，店里摆放着几张漆木桌子，一个系着围裙的胖胖的伙计正站在灶台边忙碌着，灶台上几个大蒸笼正“扑哧扑哧”冒着热气，让整个店面都有一种热闹的气氛。李晶指着那几个大蒸笼说：“我们晚上吃的，都在蒸笼里。”她对着伙计伸出两个手指头：“热凉面，两碗，要现做的。”又转头询问：“罗老师，您吃辣椒吗？”罗卷益面有难色地摇头。于是李晶又对伙计说：“一碗不要辣椒。”

罗卷益对“热凉面”三个字产生了极大好奇。只见伙计打开蒸笼，在热气腾腾的屉笼里铺上一层纱布，将一碗浓稠的米浆均匀地倒在纱布上，然后盖上蒸笼盖子。“您等等，几分钟就蒸好了。”伙计对罗卷益友好地笑了。

见罗卷益兴趣浓厚，李晶介绍起了热凉面的历史：热凉面又叫夫妻米凉面，和成都的夫妻肺片差不多的意思。传说，武则天在没有被选入宫之前，在广元有一个青梅竹马的情郎哥常剑峰。她小时候常和剑峰一起游河湾，在河湾渡口有一家削面店，他们每次游河过湾，总要到削面店吃上一碗。他们与店老板混得熟了，经常边吃边谈论面的制作，后来，他们和面店师傅一起试验，终于用米浆研制成了一种柔软、不粘牙的米凉面。媚娘和剑峰高兴得牵起了手，削面店师傅见此情景，便打趣说：“这面不如就叫‘夫妻米凉面吧’。”恰巧这天又是媚娘的生日，夫妻米凉面就这样叫开了。后来，武媚娘去了长安，虽然她与常剑峰做不成夫妻，但夫妻米凉面却被流传下来了。

李晶说到最后，脑子里无端地又想起了海上皇夜总会那个沾满鲜血的夜晚，她的神情渐渐黯淡下来。好在此时，伙计一声“起锅了”，将她的思绪拉了回来。只见胖伙计从热气腾腾的屉笼里取出一大块米糕状的食物放在菜板上，用刀麻利地切成了宽度均匀的条状。盛在碗里，再依次添加各种调料，随着一声清脆的吆喝，两碗冒着热气的凉面就摆上了桌。

“尝尝吧，这是我从小到大最喜欢的食物。小时候能到县城里吃上一碗热凉面，真的比过年还高兴。”看着热凉面，李晶的眼睛里闪着光。拿起筷子，大口大口地吃起来。

罗卷益夹起一块凉面送到嘴里，软糯清爽中还夹带着一种浓浓的米香，禁不住赞一句“好吃”。李晶吃得很是高兴，嘴里不断发出“嗤嗤”的吮吸凉面的声音。罗卷益发现，这个女人面对食物，表现出了一种近似于孩童的贪婪和沉溺。他忽然想起了杜拉斯的电影《情人》，法国少女被中国情人带着去餐厅大吃大喝，对食物的贪婪表情和面前的李晶如出一辙。这是一个人无论走得多远，都无法逃脱的童年印记，不管你经历了怎样的锦衣玉食，一碗热凉面就能瞬间将你打回原形。罗卷益想，自己和李晶其实是一类人，都背负着一个无法摆脱的、困苦卑微的过去。

同是天涯沦落人，相逢何必曾相识。

吃完晚饭，两人沿河散步。这条河穿城而过，当地人叫南河。入夜，城区灯火阑珊，灯影下的南河两岸，有种清幽惆怅的格调。两人很少说话，只是默默地走着。罗卷益置身这座陌生的城市，身边陪伴的是美丽神秘的李晶，但他的内心却平静踏实，没有多少波澜。他想，这座城市的气场真是强大，带给他一种前所未有的安宁。他和这座城市有缘。

已是立冬时节，夜风穿城而过，竟裹挟着一阵凌冽的风声。李晶禁不住打了一个哆嗦，下意识地躲在了罗卷益的身后。李晶这个动作，让罗卷益心中陡然生出一种暖意。在李晶面前，他时刻能够感觉到自己是被依靠、被需要、被依赖着的，李晶的柔软娇媚，让他作为男人的自信得到了极大的满足。这是他十几年的婚姻生活中，鲜能体会到的，强大的张芊茹总是在他还没有开口之前，就已经自立自强了。

“你知道吗，广元的风是分公母的。”李晶的声音在罗卷益身后响起。

罗卷益转过身，用身体为她挡住呼啸而来的夜风。“这座广元城，为什么有那么多有趣的事情呢？这风怎么分公母呢？”

李晶仰头看他，眼神格外明亮。“有人说，如果一阵风刮过来，在地上打转，就是母风，不打转的就是公风。还有人说，大风连刮三天是公风，连刮七天是母风。不过公风母风还是很好区别的，公风来得凶猛，很陡，气势昂扬，像男人在怒吼。母风则比较舒缓，声音长，像女人在呜咽哭泣。”

“那现在刮的是什么风呢？”罗卷益微笑着问。两人不说话，侧耳细听。只听一阵绵长风声吹来，带着一种近似于女人婉约低泣的呜咽声。

“母风！”两人不约而同地脱口而出。

两人入住广元最好的凤台宾馆。这是一片仿唐风格的建筑群，不过三四层楼高，屹立在南河边，灯火辉煌。

去前台登记入住时，穿着中式服装的女服务员询问：“你们是要登记一个房间还是两个房间？”

李晶犹豫着望向罗卷益，瞳孔边的小圆痣发着幽幽的光。

罗卷益忽然就红了脸，他知道自己内心的渴望，这渴望如此强烈，让他陡然生出一种羞涩。他像一个早恋被人发现的男生，好半天才开口，他说：“两间。”说完这两个字，他有些回不过神来，什么，我说的是两间，不是一间？

好在两人的房间是紧挨着的。在房门口，李晶把房卡递给罗卷益，然后幽幽地注视着他。罗卷益在这样的注视中心脏剧烈跳动，他只得低头刷着房卡，却由于紧张，连刷几次都没有成功。

“我来帮你吧。”李晶接过他手中的房卡，调换了一下上下位置，轻轻在感应区晃了几下，房门应声而开。

罗卷益连声说着“谢谢”，取回房卡，进门，始终不敢再看李晶一眼。只听见隔壁房门也已打开，李晶走进去，轻轻关上了门。

罗卷益走进卫生间，在镜子中看到自己涨红的脸。扭开水龙头，将冷水泼在脸上，总算冷静了。对着镜中的自己，他自嘲地笑了。罗卷益啊罗卷益，你这还是四十五岁老男人的表现吗？怎么像一个初恋小男孩般不上路啊？转念一想，这样也好，天地总算消停了，好好睡觉吧。

第二天，难得的冬日阳光唤醒了凤台宾馆。李晶来敲门，她穿着一件长及脚踝的黑色棉袍，头发安静地垂在腰间，整个人像清晨的阳光，明媚灿烂、清新耀眼。

李晶开车去了自己的家乡剑阁县。却没有在县城停留，径直将车开到了著名的剑门关风景区。站在关门下的石阶上，罗卷益抬头望去，巍峨的剑门关屹立在前方，正是李晶家里那幅油画的再现。望着群山怀抱之下的剑门关，罗卷益忽然有了一种恍惚，感觉这里的一草一木似曾相识，却不知曾经在哪里见过？

两人拾阶而上，长长的阶梯一直延伸到关门处，正应了那句古话——一夫当关，万夫莫开。脚踏上石阶，石头的触感让罗卷益猛然想起，这不就是那个梦中的场景吗？在那个迷离的梦境中，他就是在这条蜿蜒到云层的石阶上，苦苦追寻黑衣女子的身影。看不清面容的女子对他说：欠我的，记得还我。

罗卷益有些惶惑地望向一身黑衣的李晶，正巧她也拿一双黑白分明的大眼睛看他，瞳孔边的小圆痣在晨曦里发着光。一切都和那次梦境如出一辙。

从剑门关下来，罗卷益还没有走出恍惚之中。李晶对他说：“我带你去个好地方。”说完，发动汽车，开进旁边的一座深山。陆地巡洋舰在崎岖的山路盘旋而上，到了半山，竟然已经可见积雪。车一直开到山顶，在一座寺庙前停了下来。这是一座并不起眼的小庙，陈旧甚至有些破败，庙门上挂着“梁山寺”的匾额，却也是斑斑驳驳。

李晶带着罗卷益走进去。深山古寺并无游人，四周寂静，偶有鸦雀飞过，留下三两声“嘎嘎”的叫声。寺庙不大，光线昏暗，瓦房搭建成的平房里供奉着一尊尊佛像。迎面是一个小小的天井，天井里一棵硕大的紫薇树赫然出现在眼前，树枝上，一朵朵紫色的花朵在冰雪里怒放，让破败的庭院陡然多了几分艳丽的气息。

这是罗卷益第一次看到如此粗壮的紫薇树，李晶轻声说：“这棵紫薇有上千年的历史了，自打有这个寺庙就有这棵树了，我们小时候，常常从山那边爬上来玩，会让年龄大的孩子帮我们摘树上的花。”说到这里，李晶眼前又晃动着海涛从树上坠落的身影，鲜血从眉骨处喷涌而出，血，全是血……李晶摇摇头，努力驱赶着回忆。

李晶径直向前走，转过天井，来到后面一处更为僻静的观音殿。所谓观音殿，也只是一间瓦房里供着一尊颜色陈旧的观音塑像罢了。李晶跪在观音前的蒲团上，双手合十，嘴里默默叨念着，许久许久，也不愿起身。罗卷益站在旁边，默默看着她。这个美丽的女子，怎么有着那么多解不开的心事？她脸上忽阴忽晴、飘忽不定的神情，让罗卷益总有种要走进她的内心一探究竟的冲动。

寺庙的后门处有一小片空地，站在这里，可以眺望山下的整个剑阁县城。罗卷益和李晶并肩而立，在茫茫白雪中，看山下冷清的人间。罗卷益想，天地如此之大，此刻也只有她陪在身边。他们是同类人，是同样在人世间苦苦挣扎的天涯沦落人。

“你在祈祷什么呢？”罗卷益问。

“我没有祈祷，我只是在赎罪。”李晶的声音低沉而晦涩。

“你有什么罪？”

“我的罪，罪大恶极。我想，我是不配活在这个世界上的，我是一个死有余辜的人。”李晶的声音一直低下去，低下去，两行热泪瞬间夺眶而出。

“傻瓜。”罗卷益低喊一声，也不知哪来的勇气，一把将李晶揽入怀中，“我不允许你胡说。”

李晶的身体在罗卷益怀里颤抖，更多的眼泪流下来，浸湿了他胸前的衣服。罗卷益轻轻地捧起她的脸，像捧起一件易碎的瓷器。他害怕看见她的眼泪，她的眼泪有魔力，能让他的胸间涌动起无限的酸楚。罗卷益的脸俯下去，滚烫的唇印在她的脸上、泪痕上，最后毫不犹豫地印在她的嘴唇上。

这样绵长的吻，把天地万物都抛在了脑后。李晶的回应渐渐热烈起来，她像溺水人抓住稻草一样，紧紧环抱着面前的男人。两个温暖的身体如此贴合，可以感受到对方的心跳和呼吸，天地之间，他们只有彼此。他们要彼此给予、彼此进入、彼此交付。急促的呼吸声中，罗卷益一手拽着李晶，把她拉到了宽敞的越野车里。关上车门，在荒芜的天地间，他们终于有了属于自己的世界。罗卷益的动作变得急促甚至有些粗野，李晶身体里的野性也在罗卷益的挑逗下，渐渐浓烈起来。他们像两只绝望的野兽，赤身裸体地纠缠在一起，于雪埋的深山里，于一尊尊佛像前。

菩萨低眉。

周日，海涛和诗诗睡了个懒觉。阳光透过飘窗照进卧室，不大的房间显得很是温馨。诗诗已经恢复上班，但小产休息期间让她猛增了十斤体重，整张脸圆润得像一只红苹果。诗诗穿着家居服坐在化妆台前，左右手开工，轮番拍打着自己的腮帮子。“啪啪”的拍脸声惊醒了躺在床上的海涛。“你这是在干吗呢？”

“我在瘦脸啊，没见我的腮帮子胖得跟金鱼了吗？”诗诗回答着，手却没有停，一左一右拍着自己的脸。

“你对自己可真够狠啊。”海涛睡眼惺忪地感叹着，“老婆，悠着点，你这样挺好的，脸圆点可爱啊。难道你想要明星们的那种锥子脸？”

“切！”诗诗给老公翻了一个白眼，“我有那么Low吗？明星那种锥子脸十有八九是整容整出来的，想想都疼啊，手术刀在脸上切来切去的，不是血流成河也得血流如注吧。”

海涛的眼前忽然晃动起李晶的那张脸。那张青涩稚气的脸，六年之后重逢，精致美丽得令他全然陌生。想来，那也是一张在手术刀下诞生的整容脸吧？这六年，她究竟经历了些什么呢？为什么会去整容？她是什么时候从重庆到成都的？她现在过得如何？来做试管婴儿了，想必也是正正经经嫁人了吧？

海涛皱起了眉头，回忆总是让人黯然神伤。当年在报纸上看到海上皇夜总会被查封的新闻，他曾经向中学同学打听过李晶的下落。但是同学们都不知道李晶的行踪，就连她的父母也离开老家不知所踪。原本以为此生就这样了无瓜葛，却没有想到，猝不及防间又面对面地相遇。老天这样的安排，意欲为何？

“嗨，发什么愣呢？”不知什么时候，诗诗已经趴在海涛的被子上，“小肥猪，都几点了，还睡？赶快起来，今天周末正好大扫除，你看咱家都乱成什么样子了，你得好好把那些没用的东西清理一下。”说完，诗诗起身，去厨房准备早餐去了。

看着诗诗的背影，海涛心生感叹。诗诗这样的女孩真是妻子的最佳人选，单纯善良、开朗活泼，世界在她那里，就是一日三餐、酸甜苦辣，不沉重也不艰深。她就是有这样的气场，能让身边的人感觉，世界原本可以如此简单快乐。

海涛想，李晶还比诗诗小两岁呢，什么时候李晶才能像诗诗这样真正快乐起来呢?

李晶，又是李晶，整个早上，海涛的脑子都塞满了李晶的身影。他猛地掀开被子起床，在心里警告自己：郑海涛，你给我听好了，不许为不相干的女人劳心伤神!

吃完早餐，诗诗和海涛开始对家里进行大扫除。诗诗用报纸给海涛折了一顶防灰尘的纸帽子，看着丈夫戴着这顶帽子的滑稽样，诗诗笑得前仰后合。“我们比赛一下，我打扫卧室，你打扫书房，看谁先结束战斗！”她把丈夫推进书房，“比赛的输家得继续把客厅打扫完毕！”

海涛被诗诗的快乐感染，给她敬了一个军礼：“遵命，女王陛下！”

书房确实很杂乱，各种书籍杂物堆放在一起，蒙上了厚厚的灰尘。海涛埋在书堆里认真清理着，在书柜最里端的角落里，他看到一个破旧的书包，书包的背带已经破损掉线，尼龙布料上有着大大小小的各种污迹。一眼就认出来，这是大学时代他一直背着的书包，李晶送他的生日礼物。

海涛伸出去的手在空中停住了，只犹豫了几秒钟，他还是把这个包拿了出来。这是一只黑色的双肩包，李宁牌，在当时，这已经是他们能够承受的最奢侈的品牌了。为了买下这个包，李晶整整一个月，每天只吃几个馒头了事。那年海涛生日，正是他最痛苦的时候，父亲得了胰腺癌，巨额的医疗费用让他一筹莫展。为了让海涛能开心点，李晶坐了六个小时的慢车来学校找他，一路上，她宝贝般地把这个书包紧紧搂在胸前，不容它有半点褶皱。把书包交到海涛手上，李晶转身就要走，她是临时请假跑出来的，必须连夜坐火车赶回去，如果明天一早没有开工，工头可是要扣钱的。

海涛的眼里含着热泪，说什么也不让她走："扣钱就扣钱，身体要紧，可别累坏了。"他拿出了自己的生活费，去学校附近的廉价旅馆给李晶开了一间房。两个人去楼下那个坐满农民工的路边摊吃晚饭。李晶给自己叫了一碗素面，却给海涛叫了一碗牛肉面。牛肉面端上来，海涛把几块薄薄的牛肉夹到了李晶的碗里。李晶舍不得吃，推搡了几回之后，小心翼翼地夹了一块牛肉放到嘴里："好香啊。"那是她今生吃过的，最美味的食物。

在散发着霉腐气味的旅馆房间里，两个深爱着的年轻人长久拥抱在一起。那一晚，海涛没有回宿舍，他本来是要走的，不断用胳膊提醒腻在她身边的李晶："十一点宿舍关门，再不走，我就回不去了。"可是李晶全然不理会，她变得少有的主动，用滚烫的唇堵住海涛的嘴。一边热切地吻他，一边伸手去解他的裤扣。海涛犹豫了几次，最终还是融化在李晶的热吻里。

那一晚，海涛完成了从男孩到男人的成人礼。那也是李晶的初夜，他们彼此成就了对方的第一次。李晶看着床单上的血迹出神，海涛紧紧搂着她，他想，自己这辈子肯定是要娶她的。

书包很沉，海涛把它翻转过来，提着书包底部使劲抖了几下，里面的东西全都倒了出来。有他大学的笔记本、参考书、钢笔盒，还有一个小布团。他拾起那个小布团，里面似乎包着东西，好奇地打开一看，是一只小小的铜铃铛。他想起来了，在和李晶共度一晚的第二天早晨，他送李晶去火车站。在火车站广场的地摊上，李晶被一对小巧的铜铃铛吸引住了。铜铃铛只有指甲盖大小，做工却很精致。李晶拿起铃铛轻轻地摇晃，一阵悦耳的铃声传来，她脸上露出了难得的笑容。

卖铜铃的小贩说："买我的铜铃可以免费给你们刻字，这个铃铛就是世上独此一份了。"于是，海涛用五块钱买下了那对铜铃铛，让小贩分别在每个铜铃的内侧刻下了一个"涛"字和"晶"字。他把刻有"晶"字的铜铃交给李晶，刻有"涛"字的铜铃留给了自己。

李晶捧着那只小铜铃，像捧着世上最珍贵的宝贝，她说："海涛哥，这是我们的纪念品，答应我，不管以后发生什么事情，你都要留着它，别把它扔了。”

被回忆击败的海涛从布团里取出这只小铃铛，它已经斑驳陈旧，轻轻摇晃，那熟悉的声音又从记忆深处飘来。轻轻翻转过来，在铜铃的内侧，一个“涛”字清晰可见。一瞬间，海涛泪流满面。

## 十八

从广元义诊回来，罗卷益觉得自己身体里集聚起了一种力量，这种力量犹如一团火焰，点燃他的内心，贯穿他的四肢，让他一扫中年的颓废庸懒，拥有了少年般的蓬勃生气。

陆羽臣又来找过罗卷益几次，带着他去视察业已建成的医院园区。医院有一个颇为讨喜的名字，叫安吉纳生殖医院。占地面积很大，有自带的游泳池、网球场以及一个硕大的草地花园。几栋大楼修得气势恢宏，内部装修更是向五星级酒店看齐，这样的气派在民营医院中绝对称得上大手笔，就是很多公立医院也难望其项背。陆羽臣站在园区里，双手叉腰，诚恳地对罗卷益说："我这里硬件设施都已经准备好了，就等一个院长来为我保驾护航。"

陆羽臣满心期待着罗卷益的回复。没有让对方失望，罗卷益经过三天深思熟虑后，用肯定的语气说出了两个字"好的"。这两个字一出口，罗卷益就得放下在康华医院苦心经营了十几年的一切。罗卷益为自己的果断和毅然决然感到意外，他像武侠小说里得到真传的高人一般，就着体里的一股真气，所向披靡、无所畏惧。

接下来是一阵忙碌，辞职、交接工作、接受同事们的欢送宴请。罗卷益特地将李晶的病历转交到了海涛手上："这个病人已经是第七次做移植,取卵的时候又发生了大出血，你多费点心。"海涛点点头，将李晶的病历放进专门放置病历本的文件柜。

海涛起身为自己倒了一杯水,又打开医院的内部网站，看了几则院务公告。但是内心那种要打开病历本一探究竟的欲望犹如一团火焰，越是想要吹熄它，它却越烧越旺。终于，他站了起来，打开文件柜，重新拿出了李晶的病历。放在办公桌上，轻轻地打开，一页一页仔细翻阅，李晶这几年的人生轨迹展现在了海涛面前。这几年里，李晶的生活就是进周期、移植、失败、再进周期、再失败、重新再来……周而复始到了第七次。

她可真够折腾自己的，海涛在心里深深感叹。李晶从小到大似乎就没有顺遂安逸的时候，她总是这样奔波飘零、苦苦挣扎，让自己遍体鳞伤，也让别人痛苦不堪。

罗卷益上任安吉纳院长半个月后，和陆羽臣一起飞赴美国旧金山，拜访自己的导师道威尔，商谈获取 A15 专利的相关事宜。有了罗卷益的穿针引线，谈判进行得很顺利，道威尔对专利技术落户中国，有了很大的兴趣。

一日黄昏，罗卷益和陆羽臣由司机开车，途经著名的金门大桥。天边夕阳如血，雄伟的金门大桥横跨海峡之上，有一种金光闪闪的恢宏之气。司机善解人意地停车，让两人在桥头拍照留念。望着波澜壮阔的太平洋，陆羽臣有种挥斥方遒的豪迈，他站在桥头，披着夕阳的余晖，向罗卷益滔滔不绝地描述他对安吉纳的雄伟规划。这是一个豪情满怀、将世界踩在脚下的时刻，但是，罗卷益却不合时宜地想到了李晶。

爱不过是心底一抹微微的疼。罗卷益心里涌起了一种饱含酸楚的怜惜。自从广元一别，罗卷益还没有机会和李晶见面，偶尔微信联系，也不过是简短的通报一下各自的近况。此刻，在旧金山如血的残阳里，他拿出手机，给李晶发去一条微信：黄昏，想起你，想你。此生能够相逢，庆幸。

三个小时后，他收到了李晶的微信：只要你过得比我好。

美国之行最终以道威尔同意转让专利圆满结束。陆羽臣高兴地拍着罗卷益的肩膀，连声说："你是功臣，你是功臣。"但是罗卷益的内心却累积着一种渴望，这种渴望犹如一场暴风雨，从最初的云层、云团慢慢变为黑云压顶，只等最后的倾盆而下。在暴风雨的中心，站着他日思夜想的李晶。

经过十几个小时的飞行之后，罗卷益抵达成都。一刻也没有耽误，他直接从机场赶到了酒店。李晶在酒店房间里安静地等待着他，敲开房门的一瞬间，罗卷益感觉自己整个身体都要爆裂开来。他疯狂地把李晶搂在怀里，疯狂地把积蓄了许久的渴望倾注在这个女人身体里。

李晶热烈地回应着他，她的每一个动作、每一次喘息都能激起罗卷益更多的疯狂，甚至最后，李晶一翻身横坐在罗卷益身上，她成了主动者，主导着力度和节奏，并轻而易举地将罗卷益送到了激情的最高峰。

激情过后，罗卷益慵懒地拥抱着李晶，他甚至不好意思承认，在男欢女爱这件事情上，自己从来没有像今天这样享受过。结婚多年，他和张芊茹在性事上乏善可陈，最近这几年，两人欢爱的次数屈指可数。也不奇怪，老夫老妻，左手拉右手，从心理到生理都引不起丝毫波澜。

“游戏规则是怎样的？”李晶躲在罗卷益的怀里，轻声问。

“什么规则？”罗卷益不知所云。

“我们俩的，以后需要我遵守的规则。”

一语惊醒梦中人。罗卷益这才意识到，他和李晶都是已婚之身，身后各自背负着一个家庭和一份责任，未来将何去何从，他确实没有考虑过。

“我对你没有任何要求，我不会给你带来负担。”李晶支起身子，郑重地说。

罗卷益愣在那里，过了很久，才吐出一句话："顺其自然吧。"

"刚接到了福利院的电话。"乔治给张芊茹打来越洋电话，满心欢喜地说，"我领养小铃铛的手续进行得很顺利，福利院说，他们搞了个家庭日活动，就是让成都的家庭把福利院的孩子接到家中团聚一天。我也想让小铃铛参加，不知道能不能麻烦你把小铃铛接到家里，让小女孩好好感受一下家庭的温暖？"

"当然没有问题。"张芊茹回答得很是爽快。小铃铛，这个可爱的小女孩，许久不见，张芊茹真有点想她了。

周末，张芊茹开车将小铃铛接了回来。张芊茹的母亲和罗母早早等在家里，再加上诗诗和海涛，平时冷清的家里有了难得的热闹气氛。小铃铛穿着一件白色的绒毛衣服，整个人像一只小白兔，圆滚滚的甚是可爱。两位奶奶都对小铃铛喜欢得不得了，搂在怀里，心肝宝贝地叫个不停。

张芊茹难得看到母亲如此高兴。自从父亲去世后，张母的整个精神世界随之坍塌。她很少说话，也很少起身走动，只是长时间坐在沙发上，表情茫然，双眼凝滞。她像一株行将枯萎的植物，浑身散发着一种抑郁的末日气息。张芊茹尽量抽时间陪伴着母亲，但她自己也知道，这不过是杯水车薪。晚年丧夫，失去的不仅仅是一个伴侣，更有一份在人世间活下去的动力和活力。每当这个时候，张芊茹就心生悔意，如果自己能早一点生个孩子，也许一切都会不一样。一个粉嫩可爱的小婴儿，对如今的母亲来说，将是莫大的安慰。

诗诗一声“开饭了”，大家纷纷围坐在饭桌前。张芊茹低头问小铃铛：“你愿意坐哪里呢？”小铃铛转动着大大的眼睛，环视了一圈饭桌上的大人，忽然走到海涛身边：“我要挨着海涛叔叔坐。”对于这个小肉球一样的孩子，海涛和她很是投缘，他高兴地把小铃铛抱起来，放在旁边的椅子上。罗卷益被温馨的家庭气氛感染，兴致很高地开了一瓶刚从美国带回来的红酒，给海涛斟了一大杯，高声说着：“海涛，我们今天不醉不归。”

张芊茹轻声提醒丈夫：“卷益，少喝点，我们马上就要配胚胎了，这段时间你得多注意身体。”

罗卷益微微一笑：“我是你的主治医生，我知道得比你清楚，偶尔喝点红酒，活血化瘀，对身体更有利。”

罗卷益和海涛频频举杯，这一晚，饭桌上欢声笑语不断，每个人的兴致都很高。自小丧父、青年时期又孤身在外求学，罗卷益鲜有机会享受这样的天伦之乐，今晚的家庭聚会，满足了他内心对家庭和亲情的渴望。这一刻，他忽然想起了李晶，想起了她躺在自己怀里，询问游戏规则的情景。

“我对你没有任何要求，我不会给你带来负担。”这是李晶一脸郑重说的话。罗卷益不禁在心里暗暗感叹，这个女子真是洞悉人情世故啊，他的疑虑还没有发生，就早早为他解除后顾之忧。此时此刻，面对自己和谐快乐的家庭，罗卷益暗自庆幸，遇见像李晶这样没有要求没有负担的情人，真是自己难得的福分。

正心思恍惚间，小铃铛一不小心，打翻了海涛杯子里的红酒。红酒撒在她胸前，雪白的绒毛衣服立刻沾染上了大片的红色印记。

“哎哟，怎么这么不小心，赶快去卫生间冲洗一下。”张芊茹的母亲心疼地站了起来。

“伯母您坐，我来，我来。”旁边的海涛立刻起身，将小铃铛抱到了卫生间。

小铃铛看着自己胸前的污迹，着急地问：“海涛叔叔，能洗掉吗？这是我最好看的一件衣服，是乔治叔叔从美国寄给我的。”

“放心吧，没有问题。”海涛给她打了一百个包票。他也不是胡乱夸海口，自小过的就是苦日子，各种生活窍门倒是掌握了不少。“小铃铛，赶快把衣服脱下来，看叔叔怎么把它变回以前的样子。”小铃铛一脸半信半疑的表情，脱下衣服递给海涛。

海涛取出一管牙膏，将牙膏仔细地涂抹在有污迹的地方，然后再用一张纸巾轻轻地按压涂抹有牙膏的地方，不一会儿，纸巾上就粘上了大部分的红酒渍。然后，他又用肥皂涂抹在有污迹的地方，再用纸巾按压、揉搓。如此重复了两三次，白色衣服上的红酒渍奇迹般地消失了。小铃铛穿着一件低领的小毛衣看得出了神，当海涛把焕然一新的衣服在她面前晃动时，小铃铛高兴地跳了起来："海涛叔叔，你在变魔术啊！"

随着小铃铛的蹦蹦跳跳，海涛听到了一阵悦耳的铃铛声。这声音如此熟悉，不知在哪里听到过。他蹲下身子，给小铃铛穿上那件绒毛衣服。一低头，在小铃铛的胸前，他看到了一只斑驳的小铜铃。它只有指甲盖大小，由一只红线系着，挂在小铃铛的脖子上。海涛心里动了一下，他轻轻拿起那只铜铃，翻转过来，在铜铃的内侧，一个"晶"字清晰可见。

"小铃铛，这个铃铛是谁给你的？"海涛满心疑惑地问。

"我不知道啊，听福利院的阿姨说，她们把我抱回来的时候，我脖子上就挂着这个东西了。不然我怎么叫小铃铛呢？"说完，小铃铛蹦蹦跳跳地冲出了卫生间，让大家看她重新变得干净的衣服。

海涛站在卫生间里，寒意顺着背脊慢慢爬了上来。

安吉纳开业在即，国际领先生殖技术 A15 落户该院的宣传铺天盖地，前来咨询的热线电话应接不暇。罗卷益每天忙得团团转，角色的转换给他带来了不一样的感受。以前在康华医院，他虽然是生殖中心的副主任，但是日常工作还是以业务为主、行政管理为辅。但是现在作为医院的院长，他不光要操心业务问题，每天还要花大量的时间来处理各种行政事务。以往，他是以一个专家学者的角度来处理工作，如今，他必须站在管理者的立场来协调平衡各种复杂的矛盾。

累，非常累。这是罗卷益挂在嘴边的一句口头禅。但是他的内心却是愉悦的。安吉纳的工作给他带来极大的成就感，再加上和李晶的定期相聚，罗卷益面色红润，眼睛熠熠发光，走路虎虎生风，似乎又回到了青年时代，那种对生活、对未来充满无限期待的状态中。

罗卷益的变化让周围的亲戚好友交口称赞，更有康华医院的前同事打趣说："你这是老树发新芽，迎来了人生的第二春啊！"

作为妻子，张芊茹当然能够感觉到丈夫身上的变化。但是，凭借女人的直觉，她却察觉出了罗卷益身上异样的气息。当罗卷益每天早上站在镜子前端详自己的穿着时，当夜晚在床上罗卷益刻意回避和自己身体接触时，甚至是他在微信朋友圈越来越多地转发情感文章时，张芊茹都隐隐嗅到了一丝不寻常的气息。好在张芊茹是大气的女人，对于这样的蛛丝马迹并不纠结，更不会像市井女人那样寻根问底、死缠烂打。

罗卷益和张芊茹用的是同一款三星手机，两人时常发生拿错手机的情况。这一日，罗卷益上班走得急，仓促间将张芊茹的手机放进皮包就出门。张芊茹也没有细看，拿着罗卷益的手机直接去了公司。到了办公室，因为要调一个客户的电话号码，她才知道发生了乌龙事件。拿着罗卷益的手机，她的心底微微动了一下。以她的修养，是不会轻易窥视别人的秘密的，哪怕这个人是自己的丈夫。但是，这个人是她的丈夫啊。心念翻转之际，她已经滑开了手机的屏幕。

点开短信，没有什么异常，都是些业务往来、下属汇报工作之类的内容。再点开微信，好几个头像都是她所认识的，不外乎是和医院同事、大学同学的社会交往。把微信往下拉，一个名为“晶”的陌生女子的头像引起了张芊茹的注意。从头像上的照片看，女子年纪不大，五官长得极为精致漂亮。点开这个头像的对话框，两人长长的对话纪录跃然眼前。一条一条看下来，有罗卷益在旧金山的深情表达，有女子的缱绻应对，有些对话框里，直接留下的是酒店的名字和房间号。

“哦，终于……”张芊茹吐出一口气，在心里说出这句话。终于什么？她自己也没有一个清晰的回答，只是觉得，该来的终于还是来了。十几年来，对于自己的婚姻状态，她心如明镜。一对在寻常琐碎中消磨掉激情的中年人，任何一方的情感出轨，都不是一件令人大惊小怪的事情。更何况，他们从一开始，就缺少激情。她没有刻骨铭心地爱过罗卷益，罗卷益也没有入心入肺地爱过自己，他们的结合是一个“皆大欢喜”。在这个充满诱惑和变化的社会，夫妻之间的忠诚是最难固守的堡垒，多少夫妻维持着表面的和谐与恩爱，而表象之外呢？谁又忍心去追问婚姻乃至人性的真相呢？

张芊茹发现自己的情绪并没有太大的波动，倒是有一种靴子终于落地的恍然大悟。十几年的婚姻生活，罗卷益如果要出轨，应该是易如反掌的事情吧。他现在有名誉有地位，是多少女子眼中的成功人士，平时踩着小碎步跟在他身后的女子为数不少，他直到现在才出轨，还真有点让张芊茹意外。

张芊茹对那个叫作“晶”的女子很是好奇，这会是怎样一个女人呢？他们是如何相遇的？他们之间究竟是一种怎样的状态？是身体需要多过感情需要，还是感情多过身体？甚至，张芊茹的内心还不由自主地拿她和自己比较，她比我优秀能干吗？比我讨人喜欢吗？想到这里，张芊茹忍不住骂了自己一句“无聊透顶”。

骄傲如张芊茹，即使面对丈夫的出轨，也极力维持着一个女王应该有的尊严和矜持。张芊茹在心中盘算着自己的得失进退，细想这些日子罗卷益对自己以及家庭的态度，既没有明显的冷落，也没有反常的关心，一切还和从前一样。

张芊茹想，男人的天性里都有功利的基因，他们可以为一段婚外情神魂颠倒，却鲜有男人会为某段婚外情伤筋动骨、放弃自己的婚姻。毕竟，离婚和偷情相比，支付成本太过巨大，回报率却又不够高。

婚姻是一种惯性的存在，你可以抱怨它的陈旧，却又总是会贪恋它的安稳。

张芊茹下意识地把罗卷益的手机放在手中把玩，她当然不会像市井女人一般，上演和小三纠缠、找丈夫哭闹的荒唐戏码。罗卷益，只要你守得住底线，你们要玩就玩吧，我得维护我的尊严。

秘书 Amy 走进来，将 HB 公司首期投放的方案拿给她签字。张芊茹一分钟就让自己进入了公司领导层的角色状态。看，我就是我，是那个高高在上受人尊敬的优雅女人，我又怎么会为微信上一个来路不明的女人自贬身价呢？

“张总，HB 小组最后还是决定首期投放启用成都本土明星何靓春。”Amy 有些无奈地告诉张芊茹。

那个 HB 五人工作小组已经彻底失守，他们现在唯汪季潮马首是瞻。处于劣势中的张芊茹也不便再和他们硬性冲突，能屈能伸的职场道理，她懂。什么话也没有说，张芊茹拿出笔，在报告上签字同意。

恰在此时，手机响了，罗卷益来电。罗卷益在电话里有些紧张，他说担心手机掉了，又担心错拿了张芊茹的手机耽误她的工作。张芊茹语气平静地在电话里轻笑了几声，对罗卷益说出三个字“老迷糊”，两人约好中午一起午饭，互换手机。

结束通话，张芊茹走到落地玻璃窗前。窗玻璃上映射出了自己的剪影，一身笔挺的西服套裙包裹着修长的身材，双手环抱在胸前，这是媒体上那些精明的女强人常有的pose。张芊茹对玻璃上的自己微微一笑。

## 十九

“还想给自己新的挑战吗？”陆羽臣来找罗卷益，一开口就激情澎湃，“想入股成为安吉纳的董事会成员吗？以后大家称呼你就是罗董，而不是罗院长！”

“这有区别吗？”罗卷益说的是真心话，作为一名医学专家，股东董事的确不在他的世界里。

“说直白点吧，成为董事会成员，你才是这个医院的真正管理者，可以参与年度分红。如果只是院长，你本质上还是一个聘请的雇员，不过拿点年薪而已。”陆羽臣直视罗卷益的双眼，似乎要把自己的激情火炬传递给对方，“我非常希望董事会成员中，能有一名真正的医学专家，这样，我们在进行决策的时候，就能真正做到专业水准。”

不得不承认，陆羽臣作为一个成功商人，他的特质之一就是极富煽动性。罗卷益被陆羽臣的激情点燃，如今的他，像一个二十出头的毛头小伙子，浑身洋溢着改变世界的无畏气魄：“入股，需要多少钱？”

“我们董事会成员每个人的股份不一，但是股份最少的，也有一千多万。”

罗卷益把头摇得像拨浪鼓：“我可不能跟你们这些大款比，我就是一个医生，辛苦十几年下来，也就不到一百万的存款。”

陆羽臣微微一笑：“你忘记了，你有最大的一笔财富，那就是你的专业知识。如果你愿意入股，我这个董事局主席可以说服董事会，让你技术入股，现金只象征性地入股一百万就可以了。”

罗卷益还没有被激情冲昏了头脑，仔细一想又摇头：“我知道一百万对你们这些大款来说不算什么，但是对我来说，却是毕生积蓄，这样贸然入股，风险太大了。”

“我们医院的状况，你是最清楚不过的了。A15到手，每天咨询电话络绎不绝，只要一开业，经营业绩根本不用愁，这样发展下去，到年底分红，我可以保证，你的分红肯定十倍也不止。”

陆羽臣规划的蓝图如此美好，罗卷益从专业角度判断，所言不虚。内心那种毛头小伙闯世界的激情又澎湃起来，他双眼发光，重重地说出一个字：“好！”

倾尽所有，罗卷益正式入股成为安吉纳董事会成员，陆羽臣特地在豪华餐厅设晚宴为罗卷益庆祝。细心的陆羽臣提前叮嘱：“是家宴，请夫人一起赏光吧，早就听闻你家夫人美貌与智慧兼备，一定给我个机会认识一下啊。”

这一晚，张芊茹穿黑色小礼裙，戴了全套珍珠首饰，整个人看起来精致高贵。自从发现了罗卷益的私情之后，张芊茹更加注重穿衣打扮、护肤保养，她以一种不着痕迹的方式向侵入自己领地的女人暗中宣战。

陆羽臣极为礼貌地在包厢门口恭候罗卷益夫妇。这就是陆羽臣让人信任的地方，为人坦白实在、不拐弯抹角，在细节上更能做到礼贤下士，没有一般有钱人趾高气扬的优越感。虽然合作时间不长，但是两人颇有种相见恨晚的亲切，罗卷益想，像陆羽臣这样的人，即使不是工作上的合作关系，也能成为生活中的朋友吧。

陆羽臣非常绅士地将罗卷益夫妇迎进包间，还极为洋派地为张芊茹拉开椅子，做了个请入座的手势。陆羽臣没有说错，这的确是一场家宴，除了罗卷益夫妇，在座的就只有陆羽臣和他的一个贴身保镖。见罗卷益审视的目光，陆羽臣连忙解释："我说了，今天是咱们两家的家宴，我夫人也会到场，只不过她刚刚有点事情出去了一趟，马上就会赶回来。"

陆羽臣的话音刚落，包间门就轻轻打开了，一个苗条的身影出现在了大家的面前。张芊茹仔细打量着这个美丽的女人，黑发盘在脑后，露出饱满的额头，一张脸熠熠闪光，五官精致得犹如雕塑。她穿一条绿色的连身裙，一字领，露出光洁的脖子和两根小巧的锁骨。张芊茹不禁感叹，好精致的美女啊。仔细看她那双盈盈秋水般的大眼睛，左边瞳孔边竟然有一颗小小的圆痣，随着眼波流转，小圆痣微闪幽光。张芊茹想起老辈人的说法，像这样五官里有特殊标记的人，都是前世恩怨未了，不喝孟婆汤，不走奈何桥，带着记号到今世继续前缘来了。

陆羽臣起身，很绅士地搂着女人的腰将她介绍给在座的客人："这是我的夫人，李晶。"

话音刚落，身边的罗卷益猛地碰掉了桌上的一只红酒杯。玻璃酒杯砸在地上，发出清脆的破裂声。张芊茹转头看着丈夫，只见他面红耳赤、神情窘迫。慌乱中，罗卷益俯身要拾捡地上的玻璃碎片，张芊茹和李晶同时说出了一句"小心"。当下，张芊茹心念一动，再仔细看那李晶，似曾相识的一张脸。她终于想起来了，这不就是藏在微信里的那个头像吗？刚巧，她的名字里就有一个"晶"字。

张芊茹明白了几分。在这尴尬的场面里，她主动地向李晶伸出手，礼貌而矜持地说："很高兴认识你。"

李晶脸上的异样转瞬即逝，她也伸出了手，轻轻地和张芊茹握手。这一瞬间，张芊茹骨子里的骄傲猛然抬头，不知道从哪里生出一丝歹意，她加重了手上的力道，狠狠地握了一下李晶的手，眼睛则挑衅地直视对方。李晶的眼睛里滑过一丝慌乱，她猛地抽回了手，却又不自觉地拿眼睛去瞄旁边的罗卷益。

张芊茹想，十有八九，自己的猜测没有错了。

这是一场各怀心事的饭局。

罗卷益强自按压住内心的慌乱，时而沉默不语，时而开腔说话，又有些词不达意。李晶则坚持一贯少言寡语的风格，低头默默地吃菜，偶尔抬起头，微笑着附和大家的谈话。倒是张芊茹表现得极为得体，兴致很高地和陆羽臣聊着各种政商界的八卦传闻，将饭桌上的气氛营造得很是生动热闹。她还时不时将话题递给李晶，表面上是不愿意让她冷落一旁，但内心那种不服气不认输的架势，却让罗卷益在一旁看得心惊胆战。

好不容易，熬到饭局结束。罗卷益苍白着一张脸坐在汽车后座上，他今晚喝得有点多，浓浓酒意涌上心头，将头半靠在后座上，似睡非睡。张芊茹将车开上了二环高架，每当她心情混乱时，总是习惯在二环高架上让思想放空，寻找内心的平静。李晶的漂亮程度超出了张芊茹的想象，她身份的特殊也超出了张芊茹想象。女人的直觉告诉她，这种复杂的关系，已非一段婚外情那么简单，但是这背后究竟隐藏着什么，她也无法说得清楚。

张芊茹回头看了看罗卷益，用镇定的声音说："罗卷益，希望你好自为之。"

这次晚宴带给罗卷益的冲击久久不散。李晶竟然是陆羽臣的老婆。这个事实让罗卷益有些无法接受。他给李晶发去微信：怎么会这样？

隔了好久，李晶才回复：非我所愿。

罗卷益觉得自己陷入了一种复杂的关系中，这样的关系让他尴尬，他原本就不是一个有能力应对复杂的人，他甚至不知道今后要用什么样的方式来和老板陆羽臣相处，还有妻子张芊茹。她已经进入试管婴儿的关键时期，但是她那话里有话、旁敲侧击的态度总是让他心里发毛，不知道自己身边这个聪明人究竟知道了多少。

罗卷益偷偷观察着妻子，好在张芊茹整体来说，还算平静。偶尔的言语敲打是有的，但是试管婴儿的治疗，却一刻也没有落下。该打针就打针，该检查就检查，没有半句怨言。罗卷益心里对妻子生出了一层感激，自己当初没有看错，这的确是一个大气有修养的女人，甚至多年来对张芊茹不事生育的抱怨也减了好几分。

同样陷入混乱的，还有海涛。那个叫作小铃铛的女孩究竟和李晶是怎样的关系？甚至，她和自己是怎样的关系？海涛的心里像放着一只架子鼓，每当他想到这些疑问时，架子鼓就开始在内心敲打，鼓点由远及近、由慢变快，敲得他心慌意乱、坐卧不安。

这一日，李晶来应诊。罗卷益辞职前将李晶的病历转给了海涛，现在，海涛成了她的主治医生。看见李晶，海涛猛然气血上涌，好半天才让自己平静下来。乍见海涛，李晶有些热泪盈眶。海上皇一别六年，这是她首度看清海涛的模样。六年不见，海涛有些胖了，当初的青涩之气荡然无存，脸上多了几分成熟和稳重。但是人，还是那个人，五官眉毛一样不变，连眉梢处那个淡淡的伤疤也清晰可见。

两人没有多余的话。海涛例行公事般地询问，李晶一字一句地回答。就在李晶拿着处方起身要走的时候，海涛突然开口说话："晚上六点你出来一下，我有事要问你。"不等李晶有所反应，海涛按下叫号器，新的病人推门而入。

两人约在医院外面一个僻静的街口碰头。冬天的成都天黑得早，不过六点钟的光景，天就阴沉沉地没有多少光亮。这条小街原本人就少，阴沉的天光下，更是显得寂静寥落。李晶早早地等在那里，她以为此生都不会再和海涛见面，她甚至觉得自己已经将这个男人遗忘，但是今日重逢的那一刹那，她才明白，原来他一直都在，在她内心深处不为人知的角落里。

六点，海涛准时赶来。他从口袋里掏出那只铜铃铛，在李晶面前晃了晃："还记得这个吗？"

李晶眼睛一亮，重重地点了点头。

"你那只铃铛在哪里？"海涛逼视着她。

李晶一犹豫，吞吞吐吐地说："在家里。"

"那你现在就回去拿出来给我看！"海涛不依不饶。

“哦，我记不得了，也有可能丢了，不见了。这么多年过去了，一只铃铛，说扔也就扔了。”李晶眼神闪烁，不敢直视海涛。

“你在撒谎！你知不知道，在福利院里有一个五岁的小女孩，从她被父母扔在福利院门口的那一天起，她的脖子上就挂着一只小铃铛，那只小铃铛里面还刻着一个‘晶’字！”海涛觉得自己浑身的血管都要爆裂了，面对这个女人，他有着无尽的愤怒。

李晶的眼睛因为震惊睁得大大的，那颗小圆痣依在瞳孔边，似乎要掉落下来。她的手抓住自己皮包带子，说话的声音微微有些颤抖：“你……你说什么？你……你是在哪里看到她的？”

“你告诉我，怎么回事！”李晶的反应激起了海涛更大的情绪，他一把抓住李晶的手，使劲摇晃着她。

眼泪夺眶而出，李晶任由海涛摇晃着，嘴唇颤抖着说不出一句话。

这是她藏在内心深处最深的一道伤。

孩子被抱走的那一天，她认真地喂了最后一次奶。粉嫩的小婴儿脸红扑扑的，很快就在她怀里睡着了。她用红绳子系着那只小铜铃，轻轻地挂在孩子脖子上。“孩子，这是妈妈留给你的纪念，别怪妈妈，我也是走投无路。”很快，虎哥的手下就进来，将孩子从她手上抱走。孩子在陌生人的手里惊醒,发出惊天动地的哭声。她的心碎了,却无能为力。

这么多年，李晶心里不止一次地叨念过，如果这个孩子是个男孩，那么一切就不一样了，虎哥会同意留下他，给他体面的生活。当初她发现自己怀孕了，拖拖拉拉到第四个月，还没有凑够钱去做手术。虎哥找了个有经验的接生婆来看，接生婆说，看她怀得那么紧实，多半是个儿子。于是，虎哥大手一挥："别去打掉了，生下来，我喜欢'带把儿的'。"虎哥一心想要个儿子，女人换了好几个，却始终无法美梦成真。

她能说什么呢？虎哥的话，就是圣旨。从虎哥把三十万现金交到她手上那一刻起，他就成了她的"圣旨"。她得听话，为他做事，不能有丝毫的怠慢和犹豫。好不容易等到孩子足月，在产床上挣扎了八个小时将孩子生下来，却是一个女孩。还是虎哥，大手一挥："送走。"她疯了一样地从床上挣扎着起来，拉着虎哥苦苦哀求。虎哥指着她的鼻子，冷冷地说："你神经短路了吧，留着这个孩子你怎么接客？你不接客连自己都养不活，又哪来钱养活这个孩子呢？放心，我会把她安排好的，比跟着你要舒坦得多！"

"你是说，你把自己的孩子交给黑社会送走了？"海涛不相信自己的耳朵。

"我没有办法，我得听虎哥的，当初也是虎哥让我把孩子生下来的，他不要了，我就得送走……"李晶的脸因为痛苦扭曲得变了形。

“啪！”一记沉重的耳光打在李晶脸上。海涛的眼里喷着火，愤怒地转身，扬长而去，但愿今生从没有认识过这个女人。

伤疤一旦被揭开，就会血流不止。李晶觉得自己像被抽空了力气，整个人陷入一种恍惚之中。她整日整夜地躺在床上，耳朵边总是萦绕着孩子被抱走时凄厉的哭声。陆羽臣看过她几眼，问她是不是哪里不舒服，李晶摇摇头说，也许是促排用药的不良反应。陆羽臣不再说话，收拾妥当也就出门去了。

当初决定和李晶结婚，陆羽臣是经过慎重考虑的。毕竟他家大业大，排着队等着嫁给他的女人不在少数，娶一个女人回家,就是一次财产再分配的过程,他不得不深思熟虑。千挑万选，让人意外的是，他竟然选择了自己公司的一位售楼小姐。第一眼吸引他的是李晶的美貌,男人都是视觉动物,他从不否认自己对美女的热衷。本来不过是逢场作戏，却在耳鬓厮磨之间，惊讶于这个女子的善解人意。她总是把他周围的各种复杂关系处理得妥妥的，这种四两拨千斤的功力，让他对这个女人刮目相看。最终，他娶了她。对于一个商人来说，一个长得美、会处事、没有太大野心的女人是再适合不过的了。

可惜，美中不足，李晶一直无法生育。陆羽臣倒也没有太过担心，前妻留下的儿子已经送到英国留学，他若想再有子嗣，外面愿意为他生儿育女的女人大有人在。以他的经济实力，就是在外面生一串葫芦娃，也负担得起。李晶着急是意料之中的事情，谁在她那个位子，都会急着为他生育子女以稳定在这个大家族的地位。陆羽臣也还算支持，来来回回做了那么多次试管婴儿，他都尽量配合。毕竟是明媒正娶过来的，这个面子总还是得给。

这就是陆羽臣的思维。世故，实际，不矫情也不伪饰。他就是靠着这份洞悉人性的精明，走到了今天。

试管婴儿的流程如流水线作业，很快，李晶又到了进行取卵手术的日子。被护士领着走完前期的准备流程，她换上了绿色的手术服，推开了手术室的大门。取卵手术室分为里外三进，最外面的一间房供病人换衣换鞋，换上手术服后病人进入第二道门，这道门后，是一个空无一物的隔离间，病人被安排在这里等候召唤。隔离间后面是一个封闭的走廊，走廊的尽头、两扇推拉门后，才是真正的取卵操作室。

此刻，李晶穿着专用拖鞋走进了等候室，这里已经有一位病人了。定睛一看，竟然是罗卷益的夫人张芊茹。张芊茹乍见李晶，很是惊讶，人海茫茫，竟然在这里狭路相逢。

“怎么，你也是来取卵的？”看着穿着手术服的李晶，张芊茹有些不相信自己的眼睛。

李晶微微点头，又特地用不经意的口吻补充说：“我以前一直在罗卷益医生那里看病，他辞职之后，我才转到郑海涛医生那里。”

见李晶主动提到罗卷益，张芊茹的眉毛动了一下：“哦，怎么没有听他提起过呢？”

李晶低下头，轻轻地说：“他看的病人多，怎么会记得住我这一个病人呢。”

“那可不一样，像你这样漂亮又身世显赫的病人，任谁也会过目不忘的。”张芊茹的眼睛炯炯有神，总带有一种耐人寻味的味道，“你们可真有缘啊，你是老罗的病人，现在，他为你老公做事。他离开医院了，又将你转给了他的妹夫。”

“嗯？你是说，郑海涛是……罗卷益医生的妹夫？”李晶强自镇定地发问。

“是啊，不然怎么说你们有缘呢。”张芊茹的嘴角泛起一记含混的微笑。

李晶没有接话，心乱如麻，头垂得更低了。这个世界如此之小，这个世界为什么总是和自己过不去？

狭窄的等候间里，有令人尴尬的寂静。隔了一会儿，李晶抬头，双眼诚恳地看着张芊茹：“芊茹姐，我上一次取卵发生了大出血，多亏罗医生及时抢救，才从鬼门关里逃了回来。”

李晶说得很是恳切，张芊茹的挑衅倒是不好发作了。

“我已经做了六次试管移植了，这是第七次，没有想到就遭遇了意外。今天重新来取卵，还不知道会怎么样呢？”李晶皱着眉，脸上分不清是担忧还是焦虑。

“怎么会这样？你人这么年轻，其实不用这么急的，试管移植多少都对身体会有损害的。”李晶的气场感染了张芊茹，她的询问里多了几丝关心的意味。这就是李晶的能耐，她总能在不经意间，扭转乾坤，主导局面。

李晶苦笑了一下：“芊茹姐，家家有本难念的经。我是个没有读过多少书的乡下人，能够有今天的一切是以前想都不敢想的。身体上的那一点损害，又算得了什么呢？”

张芊茹发现，李晶和陆羽臣有一种极为相似的气质，对人坦率直白，不经意间就能把人性深处的沟沟壑壑提溜出来，说得一清二楚。张芊茹倒是极为欣赏这种略有些江湖味道的特质。

此时，里面的一道门推开了，护士大声说：“张芊茹，在不在？该你进来了。”

张芊茹跟着护士朝里走。忽然，身后传来李晶的声音：“芊茹姐，”张芊茹应声回头，只见李晶一脸关切地看着她，轻声说，“罗医生挺不容易的，关键时候，您多帮帮他。”

张芊茹几乎不相信自己的耳朵，从李晶的眼神里，她读出了一丝别样的讯息。还来不及回应，身后的门就被护士关上了。

# 二十

张芊茹的取卵手术很成功，从她卵巢里一共取出了六个成熟卵子。在实验室条件下，将这些卵子和罗卷益的精子进行人工结合，最终形成了三个一级胚胎。三天之后，这三个胚胎移植进入了她的子宫。同样的手术室，同样的医生，当手术针进入体内，子宫里传来一丝冰凉感觉的时候，张芊茹心潮澎湃。一个生命，正悄悄向她走来。

移植手术后，病人需要卧床静养，等待胚胎在子宫里着床。张芊茹早早请了假，躺在家里，脚不沾地。这一日，她的手机铃声大作。秘书 Amy 来电，电话里 Amy 的声音很是焦急：“张总，不好了，不好了，HB 公司的广告出事了！”

“嗞”的一声，张芊茹的脑袋犹如断电，自动被雪花刷屏。

“何靓春昨天吸毒被警方抓住了，今天铺天盖地都是她的新闻。HB 紧急致电公司，要求撤下一切关于何靓春的广告。现在，公司大大小小的领导全部赶回公司，召开紧急会议商量对策呢。听说，HB 公司的人也正紧急飞往中国。"Amy 一口气说完，在电话里喘了口气，又继续说道，"你还是尽快回来吧，我担心这次汪季潮又要借题发挥了。"

别慌，冷静，张芊茹暗中告诫自己。挂断电话，做了十二个深呼吸，她从最初的慌乱中挣脱出来。多年的职业训练告诉她，面对紧急情况，首先要做的，就是亲自了解事情的真实情况以便做出准确的判断。她拿起手机，在搜索引擎里输入"何靓春"三个字，出来的网页，铺天盖地都是她因为吸毒被警方抓获的新闻。网上有一段视频，警方破门而入将她擒获时，她正在吸食毒品，镜头里有一个特写，她放置毒品的桌子上，铺着一张海报，那正是她为 HB 代言拍摄的宣传画。

张芊茹倒吸一口冷气，事态比她想象的要严重得多。

电话再度响起，是乔治来电。他在机场，准备搭乘飞机赶来成都。"Grace，还好吗？"他的问候犹如雪中送炭，张芊茹胸中涌起万千惆怅。乔治继续在电话里说："都是我不好，我应该坚持启用 Miranda Kerr 的，我看到最后传真过来的方案上有你的签字，我就没有再坚持了。我知道你当时在公司的处境，我以为这样做是在帮助你，没有想到，反而带来更大的麻烦。"

乔治的话，让张芊茹红了眼睛："乔治，是我的错，作为主管，我没有坚持自己的意见。当务之急是要把损失减少到最小。"

“放心，有我在。”说完这句话，乔治就要登机了。

在以前，遇见这样的紧急情况，张芊茹一定会第一时间冲进办公室排兵布阵。但是现在，躺在床上的张芊茹却犯难了。赶回公司吗？她正处于移植后的静养期，任何风吹草动都有可能影响胚胎着床导致前功尽弃。如果不回去呢？出了这样大事故，她这个直接负责人难辞其咎，更何况还有个虎视眈眈的汪季潮，这下被他抓住把柄，不知道会生出怎样的事端呢。思前想后，张芊茹做了决定，继续静卧，看事态的发展再做打算。

在艰难的等待中，张芊茹躺在床上时睡时醒。等到她再度睁开眼睛，已经是第二天的上午，习惯性地拿起手机，发现思瑞公司没有给她来电，秘书 Amy 也没有打来电话。这是一种不平常的平静。按照常理，出了这样重大的事故，她作为负责人肯定会被第一时间质询。但是事情从发生到现在，一天一夜过去了，汪季潮却一直没有联系过她。以张芊茹对汪季潮的了解，这个老谋深算的家伙一定是在谋划更大的动作，说不定要毕其功于一役，借此机会将她扫地出门。

以不变应万变。张芊茹告诫自己。

此时，手机里的实时新闻推送响了。张芊茹点开一看，“何靓春吸毒事件殃及代言产品，市民拥入 HB 专卖店要求退货”的新闻赫然映入眼帘。张芊茹的手颤抖得几乎拿不稳手机，她用手指一点点地划动屏幕，将这条几百字的新闻从头到尾看了好几遍。新闻报道说，因为何靓春吸毒事件爆发，她代言的母婴产品 HB 遭到顾客的强烈排斥，今天一早，不少市民拿着印有何靓春头像的罐装奶粉、婴儿衣服、儿童车等商品聚集在 HB 专门店门前要求退货，人群中甚至有人打出了“抵制吸毒明星，弃用洋品牌 HB”的条幅。新闻配了一张现场照片，现场聚集的群众有上百人，那张条幅也在照片中清晰可见。

事态发生到这么严重的地步，思瑞为什么还没有公关行动？张芊茹只觉热血涌上脑门，一股冲动让她立刻下床，穿衣梳洗，拿着公事包拉开了卧室的房门，她必须赶回办公室！

外间，罗母正在和保姆处理一只老母鸡，这段时间，她每天都要给张芊茹煲一锅老母鸡汤。见媳妇一副要出门的架势，她慌得从椅子上跳了起来：“芊茹，怎么不好好在床上躺着呢？这么关键的时候，万一你步子迈大了，胚胎着不了床，那不就一切都完了吗？”

罗母的话像一盆冷水，浇熄了张芊茹体内冲动的火苗。她站在客厅里，怔怔地看着自己的婆婆，甚至想不出一个理由来反驳她。她只得默默地转身，慢慢地走回卧室，重新将自己放回床上。

听天由命吧。

张芊茹的移植静养期风起云涌，李晶的静养期也同样暗潮涌动。她比张芊茹晚了两天进行移植，全因她的胚胎质量不好，遵从医生的建议，养成囊胚后在第五天进行了移植。

李晶进入静养的第三天，家中来了一名神秘的客人。她让用人将这个人高马大的男人请进书房，然后将房门反锁。这个男人姓苏，是一名阔太太介绍给她的。他在阔太圈子里很是有名，谁需要调查一下老公最近跟哪个女人在一起，只要找到他，几天之内就能将小三的一切资料呈现在面前。

是的，他是一名私家侦探，专为豪门阔太服务。

多年来，苏侦探对于追踪小三这类业务早已经驾轻就熟，但是这次接下李晶的业务却与众不同，她要调查的不是丈夫的小三，而是要寻找一位在福利院的五岁小女孩。李晶能提供的资料并不多，除了女孩的年龄外，就只有一个系着红绳子的小铜铃。

李晶坐在书房的那张青花梨大班台后，指指面前的椅子，示意苏侦探坐下来："怎么样，找到了吗？"

苏侦探没有说话，而是从公文包里掏出一个牛皮纸大信封。他首先从大信封里掏出了几张照片放在桌子上。这几张偷拍的照片里是一个圆脸可爱的小女孩。李晶拿起照片，仔细端详着照片上的孩子，母亲的直觉让她有了几分确信，这就是自己的孩子。

苏侦探指着照片告诉李晶，这个小女孩是在市福利院找到的，就是那个院子里有几棵桂花树的福利院。小女孩的年龄正好是五岁多，她没有名字，大家都叫她小铃铛。知道为什么叫这个名字吗？因为她被抱来的时候，脖子上用红线挂着一只小铃铛。

说完，苏侦探又取出一张照片，这张照片是小女孩颈部以上的特写，从照片里能清晰看到，她的脖子上的确挂着一只小铃铛。李晶拿着照片看了又看，她怎么会不认得这只小铃铛呢？只是没有想到，这只铃铛会一直挂在女儿的脖子上。

苏侦探的工作还没有结束，他又拿出了几份材料。其中一份材料显示，小铃铛已经被一位美籍华裔乔治收养，目前收养的手续正在进行中，预计很快就会有结果。另几份材料显示，小铃铛之所以会被美籍华裔收养，是因为一位叫夏晓晨的民政厅工作人员牵线搭桥。而夏晓晨之所以会搭这个线，是受了一位叫作张芊茹的大学同学的委托。前不久福利院举行家庭日活动，张芊茹还开车将小铃铛接到家中参加了一次家庭聚会。

苏侦探的确是圈里有名的私家侦探，凭借李晶的两个线索，就将小铃铛从人海中找了出来，不但找到了小铃铛，还将小铃铛周围涉及的人脉关系统统挖了出来。

李晶对苏侦探的工作很是满意。她从书房的抽屉里拿出一个厚厚的信封，递给苏侦探：“你数数。”

苏侦探只把牛皮信封在手上掂了掂，满意地告辞。

李晶重新将苏侦探留下的照片资料审视了一遍，混乱的思绪渐渐有了眉目。因为郑海涛是罗卷益的妹夫，张芊茹又和小铃铛联系紧密，所以，海涛才有可能遇见小铃铛并发现了她脖子上的铃铛。

李晶凝视着照片上的小铃铛，眼泪慢慢聚集了起来。孩子，你现在叫小铃铛吗？你现在过得快乐吗？你能原谅妈妈吗？妈妈当初不该生下你，更不该生下你又遗弃你，妈妈愿意为你赎罪，妈妈可以牺牲一切，为你赎罪！

HB 的新闻发布会姗姗来迟。

发布会现场在成都有名的香格里拉酒店举行，乔治作为 HB 公司代表、汪季潮作为思瑞公司代表端坐在台上，从全国蜂拥而来的上百家媒体记者将会议厅挤得水泄不通。

发布会一开始，乔治就对现场的媒体记者表达了感谢和关心，他诚恳的态度和良好的修养，给了众人不错的第一印象。然后，他详细为大家介绍了 HB 退货事件的来龙去脉。乔治用标准的普通话说：“在这里，我要提醒大家注意的是，发生这起群体性事件的原因，不是 HB 产品的质量问题，而是因为 HB 的代言明星何靓春刚好发生了吸毒被抓事件，她的负面形象引起了 HB 客户对产品的极大情绪反弹和心理排斥。接下来，我要做两件事情，两件非常重要的事情，打消大家对 HB 产品本身的疑虑。”

话音刚落，两位分别来自商业部和卫计委的专家就走到了台上，背景板上随即投影出了几份盖有权威机构公章的证明文件。两位专家站在投影前侃侃而谈，用准确的数据和翔实的检验结果对 HB 各类母婴用品的质量进行了客观而科学的说明，最后两位专家得出一致结论：HB 商品不但没有质量问题，和同类商品比较，更有多项获得了权威机构认证的领先优势。

两位专家发言结束，乔治拿起了话筒："刚刚两位专家已经做完了第一件事,下面,我要做第二件非常重要的事情，这件事情和专家们的讲解比较起来，可要轻松多了。”话音刚落，背景墙上的投影立刻换成了两位美女的照片——HB 的另外两位代言人，世界名超 Miranda Kerr、中国影星孙俪。

乔治娓娓道来："其实大家不用担心，何靓春只是我们三位代言人的一位而已。在我们的代言人队伍中，有著名的世界名超 Miranda Kerr，她的时尚辣妈形象在全世界都赢得了女性朋友的青睐。在此我要声明一下，我本人就是 Kerr 的粉丝，当我得知她和 Orlando Bloom 离婚时，我高兴得去酒吧喝了一杯！”

乔治幽默的谈吐引来现场一片笑声，剑拔弩张的气氛渐渐被一种轻松友好的氛围代替。“第二位代言明星，是我们中国朋友非常喜欢的一位明星孙俪，她也是一位非常了不起的女性，不但戏演得好，还是两位孩子的母亲。邀请她代言我们的 HB 产品，相信中国的妈妈们会非常开心的。”

乔治的发言完毕，全场响起了雷鸣般的掌声。一直在收看视频直播的张芊茹也禁不住为乔治暗中叫好，真不愧是华尔街上的商业奇才，一场危机就这样被他巧妙化解。他不但让 HB 成功渡过难关，更将劣势变为优势，把 HB 质量上乘的信息通过万众瞩目的发布会很好地传播出去。乔治说什么来着，“放心，有我在”。是的，有你在，真的很让人放心。

乔治之后，是汪季潮发言。和乔治相反，他一直表情严肃地端坐在台上。汪季潮今天特地穿了一套纯黑色的西装，领带也同样是黑色，配上他的表情，整个人犹如参加葬礼一般。

接过话筒，汪季潮的声音听起来生涩凝重，他说，作为 HB 的营销合作方，对这次代言明星何靓春的吸毒行为表示遗憾，更对由此引起的群体事件感到万分抱歉。通过这一事件的处理，两家公司拥有了患难见真情的深厚友谊，今后，思瑞将和 HB 更加紧密的合作、零距离的沟通。“当然，思瑞作为一家在全国都有极大声誉的行业翘楚，对于出现这样重大的事故，我们内部将启动追责机制，我们将对负责这一项目的公司副总、创意总监、执行总监等人给予辞退，以表达本公司壮士断腕的决心！”

汪季潮的讲话，让乔治的脸色一变。在发布会上宣布公司内部处理意见，并没有事先跟他沟通。而这边厢，一直追看视频直播的张芊茹不由得倒吸了一口冷气。没有想到，汪季潮对自己下手如此重、如此狠，连一点余地、一点情面都没有留给她！

狠狠地扔掉手机，张芊茹仰躺在床上。一个声音在心里念叨，怎么办？怎么办？现在该怎么办？张芊茹你得马上行动挽救自己的职业生涯。而另一个声音却又在呐喊，不要动，不要动，你现在最重要的是静养，即使天塌下来，也只能等孩子降生之后才能去做！

两种声音在内心交战，张芊茹痛苦地闭上了眼睛。

# 二十一

张芊茹的辞退信在新闻发布会的第二天被快递到家里。收快递的是罗卷益，张芊茹拆开信封，将辞退通知书拿在手里看了又看，每看一次，脸上的苍白就增加一层。罗卷益知道，妻子遭遇了职业生涯里最惨痛的一次失败。他在一旁看着，有些无能为力，只能静静地坐在床边陪伴。“还有挽回的余地吗，比如通过董事会改变汪季潮的决定？”

张芊茹摇摇头。除了脸色发白，她比任何时候都要冷静。

“那你不要再想这件事情了，现在是移植的关键时期，情绪波动对胚胎着床的影响很大。”

“行，”张芊茹咬着下嘴唇，脸上透着一种冷峻，“一切，等我生完孩子再说。”

罗卷益很是欣赏妻子这样冷静决断的风格，这恰恰是他所欠缺的，遇事优柔寡断，常常是他的致命伤。罗卷益想，一对夫妻能够共同生活十几年，不是没有原因的。

这天傍晚，张芊茹给汪季潮拨去了电话。她要获得一个答案。

电话里汪季潮一副如临大敌的架势。张芊茹对着空气微微一笑，只轻声问了一句："能告诉我你这么做的真正原因吗？"

汪季潮没有预料到张芊茹会如此开门见山，愣了好一会儿才说："你可能误会了，这是董事会的集体决定。"

"我接受你们的辞退，但是我想知道，你这样做的原因。"张芊茹声音镇定，却有一种不容置疑的威严。

汪季潮在电话里沉默了。

张芊茹步步紧逼："我仔细回忆这几年，除去上次对你的当面质问，我似乎没有什么真正得罪你的地方吧？要知道，在你最困难的时候，唯一帮助你的人是我！汪季潮，我对你的人品真的不敢恭维。"

电话那头，汪季潮忽然讪笑起来："张大美女，不要跟我谈人品，这玩意儿在职场上卖多少钱一斤啊？是，当初你是帮助过我，但是你知不知道，当你不用我插手就能独自搞定那几笔大单的时候，我就告诉自己，不能让你留在身边，总有一天得让你走人！你不是想知道原因吗？这就是原因！我知道你帮助我是真心的，但是我就是容不下你；我知道你这几年认真地在支持我的工作，但是我还是容不下你；我更知道你有能力、有人品，但是我就是容不下你。你说怎么办？"

听完汪季潮的话，张芊茹平静地挂断了电话。这就是答案，赤裸裸的、不加掩饰的真相。那些隐藏在人性深处的黑暗和邪恶，一旦暴露在阳光下，总是让人不寒而栗。

对着空气，张芊茹忽然也如汪季潮一般，“呵呵呵呵”地讪笑起来。

此时，电话又响，是乔治。他在电话里向张芊茹发出邀请：“知道你会不开心，不如一起晚餐吧。”

这一刻，张芊茹忽然有些疑惑，电话里的这个大暖男，他真实的内心世界又是怎样的呢？会否在某个角落里也隐藏着一个邪恶的撒旦呢？

乔治在电话里连叫好几声“Grace”，张芊茹才回过神来。她不得不对乔治告之以实情：“我在卧床静养，可能无法外出。”

“你病了吗？怎么回事？”

“不是病，是在等待胚胎着床。”张芊茹将自己顺利完成胚胎移植的事情，简短地告诉了乔治。

“恭喜你，你终于听从自己内心的声音做了选择。”乔治的语气明显愉快了起来。他说，要做这个孩子的教父，要给孩子起个小名：“就叫心心吧，男孩女孩都适用，因为他是他妈妈听从内心的召唤才诞生的”。

张芊茹在电话里笑了起来。这是出事后，她第一次如此放松自己的心情。电话里有短暂的沉默，然后，她说：“乔治，谢谢你。”

“Well,”乔治在电话里轻声回应,“我只是希望你能快乐。”

乔治终究是暖的,有着从灵魂深处洋溢出来的温暖气息。张芊茹想,她还是应该对人性充满希望,每一个人的内心都关着许多扇门,你打开一扇门,很幸运,天使出来了;你再打开一扇门,很不幸,魔鬼出来了。但是,那些门后总是会住着天使,即使魔鬼就在隔壁。

自从那晚和李晶在街头分别,郑海涛就陷入巨大的愤怒中无法自拔。当年,李晶不辞而别跑去海上皇当三陪小姐,这不仅仅是对海涛情感上的伤害,更是对其男性尊严的羞辱。而现在,李晶亲口承认抛弃了自己的亲生骨肉,海涛感受到的则是一种巨大的愤怒,这个女人违背人伦天性的做法深深地激怒了他。

她既然怀上了那个虎哥的孩子,还有胆把孩子生了下来,最后怎么忍心将一个小生命随意抛弃掉啊?虎毒不食子,这个女人的内心变得多么恶毒啊。海涛又想起了小铃铛那张红扑扑的小圆脸,多好的孩子,就这样成了福利院里无父无母的孤儿。真心希望,自己这辈子从来就没有认识过这个女人。

哀其不幸,怒其不争。

此时,医生张勇走进办公室,手里拿着一张花名册高声对海涛说："涛儿，给你通报个事情。产科住院部前段时间有个产妇得了羊水栓塞，孩子倒是救活了，但是母亲昏迷三周了还没有醒过来。她家里经济条件又不好，已经无力支撑抢救费用了。医院工会就组织全院职工捐款，我现在来统计一下大家的捐款数目。"

海涛想起来，前段时间的确有一个产妇得了羊水栓塞，由于病情凶险，本地几家媒体的记者还来采访并刊发了重头报道。海涛二话不说，拿出钱包，将里面的钱悉数拿出来，数一数，有一千一百多元。"正好我今天带的现金比较多，那我捐一千元吧。"

"好哪。"张勇接过海涛手里的现金，仔细数了一遍。他有些意外，素闻郑海涛会做人、人缘好，但是出手如此慷慨还是出乎意料，这样沽名钓誉也太大手笔了吧。想到这里，张勇忍不住说："涛儿，你这也太大手笔了吧，估计你会成为我们院捐款最多的人，连黄院长都只捐了五百元，普通的员工也就一两百元而已。"

海涛轻轻叹了口气："你不知道，我读书的时候，爸爸得了急性胰腺癌，家里那么穷，根本没有办法负担医药费。我已经做好了退学准备，多亏社会爱心人士为我爸爸捐款，我才得以继续学业。所以，现在再碰到这样的情况，我得知恩图报。"

海涛这番话，说得很是诚恳，张勇点点头，正欲离开，却被海涛叫住。紧咬着下嘴唇，海涛一脸凝重地递给他一个病历本："麻烦你件事情，我最近手上的病人太多，这个病人你就暂时帮我招呼一下，我实在忙不过来了。"

医生之间私下里转让几个病人是司空见惯的事情，有时候一个主治医生手里的病人太多或者自己有事忙不过来，就会让其他医生帮忙。海涛在康华医院是出了名的敬业，不管多忙多累，从不会将手上的病人转给其他人，这还私下引起了很多医生的议论。张勇有些疑惑了，海涛作为一名住院医师，在人才济济的康华医院远没有达到专家级别，他平时的问诊量只能算中等水平，并没有多到应接不暇的地步。

张勇狐疑地接过病历本，扫了一眼病历本上的名字——李晶。看看海涛铁青着的一张脸，张勇心里不禁暗自诧异，怎么又是这个女人，这个女人究竟是何方妖孽啊，已经搞得罗卷益魂不守舍，怎么现在又让郑海涛行为异常了呢？

安吉纳医院下周一正式开业。罗卷益通知大家，下午召开院长办公会。时间紧迫，开业前的相关事宜必须在本周内协调解决完毕。于是，他想到要邀请陆羽臣参加。毕竟，董事局主席坐镇，各种棘手问题解决起来就轻松多了。拿出手机，罗卷益却有些犹豫了。自从上次晚宴得知李晶是陆羽臣的夫人之后，面对陆羽臣，罗卷益总有些不自然、不自在。

他甚至刻意回避着陆羽臣，尽量避免和他单独接触。

朋友妻，不可戏。

思前想后了半天，罗卷益还是调出了陆羽臣的电话号码拨了过去，对方却是关机。罗卷益也没有多想，给陆羽臣发去了短信，邀请他参加下午的院长办公会。可是，一直等到下午上班，罗卷益都没有收到陆羽臣的回应。罗卷益无奈，又给对方拨了电话，话筒里传来冰冷的声音："对方已关机，请稍后再拨。"

秘书进来询问，院长办公会是否准时召开。罗卷益点点头，起身走进了小会议室。此时，小会议室里已经坐满了医院的管理层。罗卷益环视一圈，怎么常务副院长许进盛还没有到呢？正要询问，只见许进盛满头大汗、急匆匆地走过来，身后，跟着几位穿法院制服的工作人员。

许进盛将法院的工作人员领到罗卷益面前。"请问，是罗卷益院长吗？"一位戴着金丝眼镜、领导模样的工作人员表情严肃地问。

"对，我是。"罗卷益有些摸不着头脑。

金丝眼镜从公文包里取出一张公文，递给罗卷益。罗卷益接过来一看，竟然是法院的查封资产执行通知书。"怎么？这是怎么回事？"事情来得太突然，罗卷益有些语无伦次。

"陆羽臣涉嫌贷款诈骗罪、行贿罪、黑社会组织罪等多项罪名被立案，目前已经处于失联状态。按照相关规定，我们现在对其名下资产进行查封。”金丝眼镜没有任何感情地宣布。

会议室里鸦雀无声，大家面面相觑。在法院工作人员的要求下，会议室里的人都撤了出去。罗卷益跟着大家深一脚、浅一脚地走出去，混乱的头脑让他无法正常地思考。怎么会变成这样了呢？医院不是运行得好好的吗？下周一就要开业了，那么多的病人提前预约，怎么就忽然被法院查封了呢？

罗卷益努力在记忆中搜索，他最后一次见到陆羽臣还是两周前。陆羽臣到医院视察工作，除了感觉他面色有些发黑之外，和以前并没有什么异常啊。谁会想到，两周之后，他就消失得无影无踪了。罗卷益忽然就想到了李晶。陆羽臣潜逃，那么李晶呢？她现在怎么样了呢？

一想到李晶，罗卷益的心就像被铁钳夹住一样疼痛。马上拿出电话，拨打李晶的号码，不出所料，电话关机。

陆羽臣失踪、安吉纳医院被查封的消息迅速成为轰动新闻，各大媒体对这一事件迅速跟进。罗卷益还是从手机新闻中知道了李晶的消息，那是一张李晶从公安局走出来的照片，该篇报道称，陆羽臣失踪后，他的夫人被公安机关传唤以配合调查。

总算有了李晶的消息。罗卷益心里稍稍有了些安慰。

作为医院院长，罗卷益也成为公安机关传唤的对象。

从公安干警的口中,罗卷益才知道了整个事情的来龙去脉。原来,陆羽臣在筹建安吉纳医院的过程中出现了资金链断裂,面临破产的他铤而走险,通过向银行高层行贿,使用虚假的经济合同骗取了银行的巨额贷款。陆羽臣从几个月前就开始谋划潜逃计划,他将名下所有资金通过地下钱庄转移到了美国,有证据显示,他目前已经出逃美国。

陆羽臣带走的资金不但有银行的巨额贷款,甚至还席卷了医院各个股东的入股资金。当然,也包括罗卷益的那一百万。

罗卷益这才明白过来,那次陆羽臣和他一起去美国,原来是在为潜逃做准备工作。

从公安局出来,罗卷益失魂落魄地走在夜色里。一夜之间,他失去了原本蒸蒸日上的事业,连带他的毕生积蓄也统统付之东流。刺骨的寒风钻进他的衣领,罗卷益不由得浑身一个激灵。他这才发现,自己身上只穿了一件薄毛衣,他的大衣依然留在了公安局里。站在茫茫夜色中,罗卷益不知应该向何处去。他的内心翻江倒海、茫然无措,但是最深切的痛楚,还是来自李晶。

晶,我的晶,你在哪里?遭此变故,你能接受吗?你要怎么办?罗卷益在心中无数遍地呐喊着。

忽然,眼前一道白光射过来,一辆轿车停在了面前。车里,走下来一个女人。罗卷益定睛一看,是张芊茹。张芊茹大声对他说："卷益，快上车。"

罗卷益哆嗦着钻进车里。这个茫然无措的夜里，来接他回家的，是妻子张芊茹。

车里开着的暖气让罗卷益暖和了许多，看见自己的丈夫只穿了一件薄毛衣，张芊茹不由自主地握住了罗卷益的手。"呀，手这么凉，要冻感冒了。"罗卷益的指尖传来了张芊茹的体温，这体温在此时此刻犹如一股巨大的暖流，迅速蔓延全身。一行热泪猛地从罗卷益眼里涌出来，他抽出一只手，擦掉。然后，又一行热泪流出来，抽出另一只手，擦掉。更多的热泪滚滚而下，罗卷益只得摊开双手，捂住了自己的脸。

张芊茹不再说话，只是伸出手，轻轻地、轻轻地拍打着丈夫的脊背。

# 二十二

一天一夜，罗卷益躺在床上，茶饭不思。他无数次地拨打李晶的手机，却总是听到“对方已关机”的冰冷声音。安吉纳的同事告诉罗卷益，陆羽臣潜逃后，他名下所有的财产都被查封，他那栋豪华别墅也早早被贴上了封条。李晶没有跟着陆羽臣潜逃，也没有被逮捕，只是被禁止离开成都。

半梦半醒间，罗卷益似乎又看到了那条长长的石头台阶，蜿蜒而上，直插云霄。薄雾里，一个黑衣女子轻飘飘地走到他前面，他紧跟着她的脚步，一直向上。然后，薄雾散开，巍峨的剑门关赫然出现在眼前，和李晶家里的那幅壁画一模一样。

罗卷益猛地惊醒，对，李晶还有一套自己购买的普通公寓，无家可归的她一定会去那里暂时栖息。罗卷益从床上一跃而起，冲到楼下，发动汽车直奔那个陈旧的小区。

凭着记忆，他找到了李晶的家。房门竟然是虚掩着的，里面传来了一个女人绝望的哭泣声。罗卷益猛地推开门，眼前的一幕，让他惊呆了。

只见李晶披头散发跪在地上，一双手死死抱住了一个男人的右腿，男人闻声转过头来，罗卷益看清楚了对方的脸，竟然是郑海涛！此时的郑海涛脸上挂着一行热泪，牙齿死死咬住下嘴唇，咬得太狠，已经渗出了血迹。

罗卷益和郑海涛四目相对，两人都无法从极度的震惊中回过神来。看见罗卷益推门而入，李晶惊讶得停止了哭泣。三个人定定地对视着，终于，郑海涛一扬腿，将右腿从李晶手里抽出来。打开门，跌跌撞撞地冲了出去。

好半天，罗卷益才回过神："你，你和海涛，你们认识？"

李晶泪痕未干，一种冰凌般寒冷尖锐的神色笼罩了她的脸庞："对，我们认识。"

"什么时候？"罗卷益的声音在颤抖。

"小时候。"李晶的声音因为绝望愈发低沉。

"你知道不知道他和我是什么关系？"

"当然知道，他娶了你的妹妹罗诗诗。"

罗卷益忽然冲过去，一把抓住李晶的胳膊："你和他是什么关系？说，是什么关系？"

李晶扬起脸直视罗卷益，瞳孔边的那颗小圆痣散发着匕首般的寒光："什么关系？我的第一次给了他，你说我们什么关系！"

罗卷益热血冲顶，一种混合着震惊和嫉妒的愤怒让他一扬手，给了李晶一个重重的耳光。

李晶的嘴角流出了鲜血,头发倒过来,盖住了大半张脸。她的表情倒很是平静,看着罗卷益,竟然笑了一下,那笑容犹如墓地里的磷火,让人陡然生起一股寒意。

罗卷益心下有些不忍。凝视着李晶那张曾让他神魂颠倒的脸,他说:"为什么我觉得自己从来都没有真正认识过你?"

"你说对了,你真的从来都没有认识过我。"李晶用手摸着自己的脸,"你迷恋我,是觉得我这张脸很美很漂亮吧?但是你知不知道,我这张脸是假的,是经过了五次整容手术整出来的人造脸!你是医生,你怎么看不出来,我垫了下巴,隆了鼻子,连双眼皮都是手术刀割开的!"李晶一边说,一边拉起罗卷益的手,让他去触摸自己脸上的假体。

罗卷益像遭遇电击一般,迅速将手抽了回来,他的眼里满是惊吓。

"你看到的我出入有豪车,浑身名牌,是响当当的豪门贵妇,但是你知道不知道,在拥有这一切之前,我在干什么?在夜总会做三陪小姐!你和我上床时是不是欲仙欲死、高潮迭出?你知道不知道,我在性爱上的这些花招,是接了多少次客、在多少个男人身上积累起来的技巧!"

罗卷益的手又扬起来,但是在半空中,却停住了。他长长地叹了一口气,颓然地跌坐在沙发上。

此时,李晶的眼泪才流出来。不是热泪滚滚,而是两行晶莹的泪珠，缓缓地，缓缓地，从她没有一丝神采的眼睛里流出来。慢慢地，她俯下身体，双膝着地，跪在了罗卷益面前："对不起，是我害了你。陆羽臣来找你，是我牵的线。"

罗卷益的身体像一只被扔在炭火上的大虾，忽然就绷紧了。这个女人，还有多少震惊要带给他？

"陆羽臣的公司从去年开始就出现了资金断裂，医院建了一半就停工了。他跟银行贷了款，说只要拿到了A15专利，医院开始赚钱就能顺利还债。有一次和康华的医生闲聊，无意中听说，你在美国的导师就是道威尔，我当时喜出望外，给陆羽臣出了主意，把你挖来当安吉纳的院长。谁知，那个银行的行长被双规了，供出了陆羽臣。我才知道，陆羽臣当初向银行贷款使用了虚假合同。但是，我没有想到陆羽臣会这样狠，把所有的资金都带走了，连你那一百万的积蓄也席卷一空。"

罗卷益认真地看着面前的女人，这个女人曾经让他魂牵梦绕、牵肠挂肚，哪怕在医院被查封的艰难时刻，他心心念念的全是她的安危。但是现在，她跪在自己脚下，却陌生得犹如路人甲乙丙丁。"那你跟我算什么？逢场作戏？还是为了拯救你老公的公司，进行了一场肉体交易？"

李晶的脸一瞬间失去了血色，眉宇间犹如结了一层冰霜，她微微侧头，用一种倾斜的视角凝视着罗卷益。许久，她轻轻吐出一句话："随便你定义。"

随便你定义。罗卷益嘴角一歪，竟然硬生生笑了起来。这是多么可笑的一个回答，这是多么可笑的一段关系。他“呵呵”地笑着，从沙发里站起来。“呵呵呵呵……”他一路讪笑着，走了出去。

郑海涛不知道自己是怎样从李晶家里冲出来，怎样跌跌撞撞地下楼，怎样一头扎进了小区对面的望江楼公园。这是成都著名的人文景点，为纪念唐代才女薛涛而建。公园里种类繁多的翠竹和流浪猫，成了它的一大特色。并非节假日，此刻望江楼公园里游人稀少，三三两两的流浪猫在小路上溜达，一副自得其乐的安稳模样。

在公园幽静的环境中，海涛的意识一点点回来了。他一屁股跌坐在公园的长椅上，刚刚发生的一幕又浮现在脑海中。他是昨天晚上从电视新闻上获悉安吉纳被查封的消息，电视画面里，他看到了李晶，低着头从公安局里走出来，面对记者伸过来的采访话筒一言不发。

海涛很难说清楚自己当时的心情，有几分为李晶难过，觉得她的人生总是坎坷曲折、没有顺遂的时候，还有几分责备的意味，觉得这个女人受不了苦、挨不了穷，最终走上邪路葬送了自己。而前几日还那么澎湃的愤怒，却已经灰飞烟灭。他对她的愤怒是脆弱的，对她的怜惜却根深蒂固。

海涛早上刚到医院看了没几个病人，手机就响了。听筒里一声低沉的“海涛”，他就知道，是她。

“我想马上见你，有事。”李晶的声音听起来冰冷没有温度。

这样的非常时刻，李晶贸然打电话来，一定有不同寻常之事。海涛想也没想，满口答应。

他始终，没有放下她。

按照李晶所给的地址，海涛敲开了房门。李晶披头散发，憔悴不堪。她把海涛请了进来，第一句话就是：“我现在，能相信的只有你。”

她取出一张银行卡，说：“这个卡里面有八十万存款。放心，这个钱是干净的，是我这几年炒股赚来的，卡的户名是我妈妈。你知道的，我那三个姐姐总爱跟我妈借钱，这几年她们从我这里拿走的钱也有好几十万元，我不能让这笔钱再落到她们手里。”说完，李晶把这张银行卡交到了海涛手里。“这卡，你帮我拿着。我现在还不知道事态会如何发展下去，哪一天我被抓了或者失踪了，请你好好照顾我妈妈，钱就从这张卡里出。”

海涛只觉心中涌起万千波澜，银行卡拿在手中，只觉得万分沉重，他郑重地将银行卡放进了外套里侧的口袋里。

李晶又拿出第二张银行卡，看了看，放在了海涛手心里。“这张卡里，有五十八万元，密码是六个一。这几年，我和一位移民南非的阔太太合作，在富婆圈子里做钻石代购。

生意不大，赚的钱都存在了这张卡里。这张卡，请你交给罗卷益。”

乍听罗卷益的名字，海涛有些不相信自己的耳朵。

“他到安吉纳当院长，是我给陆羽臣推荐的，就是想利用他和道威尔的关系拿到A15。没想到事情会发展成这样，陆羽臣骗他拿出所有的积蓄入股，现在陆羽臣卷款潜逃，带走了罗卷益的所有积蓄。这点钱，算是对他的一点补偿。”

“你可以自己交给他，请求他的原谅。”海涛如实以告。

“我不能再和他见面了，事实上我也没有勇气再面对他。我利用了他，利用了他对我的迷恋，让他一步步走进陆羽臣的陷阱。不管以后我有怎样的下场，都不能再和他见面，我必须让他对我死了这份心！”

李晶的话，一字一句，刀扎一样刺进海涛的心里。海涛的声音因为愤怒而有些沙哑，他喊道：“你知道不知道，他是我老婆的哥哥！”

李晶垂下眼睛：“对不起，我不想这样，我也是最近才知道的。”

海涛气得倒退了好几步，用手指着李晶的脸，语无伦次地说：“你怎么是这样的女人，李晶，你知道自己变得有多可怕吗？你让身边每一个爱你、对你好的人都痛不欲生，你做人还有点良心吗？”

泪水从李晶的眼睛里奔涌而出：“海涛哥，我知道我罪有应得、我死有余辜。但是求求你，答应我好吗？”

海涛一脸厌恶地转过脸，拔腿欲走。李晶忽然跪了下来，死死抱住海涛的右腿：“海涛哥，求求你答应我。我现在只有你可以相信了。”

海涛哥。这是一个多么遥远而熟悉的称呼啊，这三个字，浓缩了他和李晶所有甜蜜和苦难的过往。在这三个字面前，郑海涛被瞬间击溃，他热泪盈眶。他用牙齿死死咬住下嘴唇，咬得太狠，甚至渗出了血迹，他拼命用毅力抵抗着内心对这个女人无法消磨的情感。

然后，门推开了，罗卷益一脸错愕地站在那里。

李晶是凌晨三点三十二分走上楼顶天台的。安装在小区内的监控如实地记录下了她的一举一动。她买的小套房在四楼，而整幢楼有二十二层。在第二十二层的安全楼梯尽头有一扇门，可以直通楼顶天台。

这一天气温跌到了三度左右，是成都入冬以来最冷的一天。冰冷的冬雨淅淅沥沥地下了一整天，入夜之后，细雨变成了星星点点的雪花，飘飘扬扬地笼罩在整个城市上空。

李晶身上只穿了一件红白格子的布裙，裙子式样老套，布料也陈旧褶皱。这条裙子是海涛送给她的二十岁生日礼物，朝天门批发市场的处理货，三十二元。她宝贝一样珍藏着这条裙子，一共只穿了三次。第一次，是海涛送给她的当天,她欢天喜地地换上,和海涛手拉手到剑阁县城玩了一天。第二次,是她给海涛送去了一个李宁牌书包并在那个廉价旅馆留下了自己的初夜。第三次,就是这天夜里。多年来,她辗转漂泊,却一直将这条裙子带在身边,和香奈儿、范思哲等奢侈品牌的衣服挂在一起。现在,在飘满雪花的夜里,她重新穿上了这条裙子。但,终究回不去了。

白天,李晶外出做了两件事情。在细雨刚开始飘扬的时候,她开车去了福利院。福利院的大门紧闭,她轻轻拍打铁门。值班室的保安老周正在用细竹篾编织一个小花篮,见有人拍门,老大不高兴地放下手上的小花篮,走了出来。李晶披头散发,一脸苍白的状态引起了老周的职业警觉。他高声询问李晶要找谁。李晶说,自己来找小铃铛,一个快五岁的小女孩。保安自然是认得小铃铛的,但是他依然一脸严肃地询问:“你是她什么人?你找她有什么事情?”

李晶犹豫了。吞吞吐吐地说,自己听说福利院有这样一个小女孩,她只是想来看看她。

李晶的话引起了保安的高度警觉。他一副公事公办的口吻说:“福利院有规定,外人要进来一定要有介绍信或者由福利院办公室给门卫打电话,否则一律不得放行。”

此时,下课铃声响了。孩子们从教室里走出来,三三两两地在教学楼外的空地上玩耍。李晶站在铁门外看了一会儿,默默地转身离开。

李晶不会知道，就在她转身离开五分钟后，小铃铛蹦蹦跳跳地来到了门卫室。她对保安老周说："周爷爷，你给我编的小花篮编好没有呢？"

老周把那个马上要完工的小花篮在小铃铛面前晃了晃："马上就好，刚才爷爷盘查了一个可疑的人，把时间耽误了。你半个小时后来找我，肯定能编好。"

小铃铛闻言，高高兴兴地回去上课了。

雨越下越大。失魂落魄的李晶从福利院出来，把车开上二环高架。漫无目的地开了几十分钟后，她又做了一件事，约张芊茹见面。

两人见面的地点是一家咖啡馆。李晶先到，有些心不在焉地看着张芊茹向自己走来。

"找我有事？"张芊茹满脸狐疑。她心里猜测，一定是和罗卷益有关。

"是关于小铃铛。"李晶低低地回答。

张芊茹很是意外："小铃铛？你认识她？"

"是的，她是我的女儿。"李晶的声音很冷静，听不出任何的情绪变化。

张芊茹惊讶得差点碰掉了面前的咖啡杯。

李晶从手袋里拿出了一个黑色的金丝绒盒子。她轻轻地打开，一条蓝色的钻石项链静静地躺在盒子里。"这条项链，叫海的女儿。这几年，我一直和移民南非的朋友做钻石代购，这条项链是用非常罕见的天然蓝钻做成的，当时我非常喜欢，就把它留了下来。”

李晶将盒子轻轻地推到张芊茹面前：“这条项链是我的合法所得。请你帮我保存，在小铃铛成年之后，转交给她。告诉她，这是妈妈留给她的礼物。”

“为什么选择我？”张芊茹看了看那条昂贵的钻石项链，有些不相信自己的耳朵。

“因为你是有情有义的人。”李晶摘下了墨镜，安静地注视着张芊茹，“芊茹姐，我相信自己对人的直觉和判断。我知道你对我有敌意，这是应该的。我现在的情况想必你也清楚，不定哪一天就会受牵连锒铛入狱。在这样的时候，我只能将它托付给一个有情有义的人。”

李晶的一番话，让张芊茹无言以对。李晶对世态炎凉以及人性的洞悉，超出了她的预期。

“我还要拜托你一件事情。等小铃铛成年之后，请告诉她，她的爸爸是郑海涛。”

“什么？！”张芊茹惊讶地喊了起来，“怎么回事？我怎么觉得像在听一个电影里的故事。”

“生活往往比戏剧更加戏剧化。”李晶轻轻地吐出了这句话，“我和海涛青梅竹马，我十几岁就出来打工，后来为生活所迫，我决定去夜总会上班。在做了这个决定之后，我把自己的第一次给了海涛。很快，我就发现自己怀孕了，在夜总会接客之前。我知道，这个孩子是海涛的。当时由于害怕不敢告诉别人，正好夜总会老大想要个儿子，觉得我怀的有可能是儿子，就让我生下来。可惜，生下来的是女儿，老大不肯养她，叫手下人把她抱走了。小铃铛脖子上的那个小铜铃，就是我和海涛当年的信物。”

张芊茹的嘴因为惊讶半开着，形成了一个O形，她默默地摇头，为小铃铛的身世唏嘘不已。

“海涛不知道这一切。我没有告诉他，我不想破坏他现在的生活。听说小铃铛即将被一个美籍华人领养，这是一个很好的结局，她应该离开这片伤心的土地，重新开始新的人生。”

临别之际，张芊茹已经走出去了一段距离，李晶忽然轻轻地叫住了她：“芊茹姐，对不起，我不是有意伤害你的。请你，一定多帮帮罗卷益老师。”

说完，李晶深深地向张芊茹鞠了一躬。然后头也不回地转身大步离开。

时间到了凌晨三点三十二分。李晶穿着那条单薄的格子裙登上了楼顶天台。她的手里，端着一杯红酒。漫天雪花，天台上已经浅浅地铺了一层雪。她脱掉鞋子，光脚踩在雪地里，一边走一边浅浅地品尝着红酒。她记得，每年冬天，老家的山上都会有积雪，她总是缠着海涛陪她去山上玩雪堆雪人。雪，是好东西，总是能带给她美好的回忆。

喝完了红酒。她赤足跨上了天台的栏杆。最后望了一眼城市的北边，在那个方向，有她的家乡广元，有她永远回不去的过往。

然后，她闭上眼，纵身一跃，在雪夜里划出一道优美的弧线。

她什么也没有留下，连一封遗书也没有。只在裙子的口袋里，放了一张小纸条，上面写着：海涛哥，裙子是你送我的。

# 二十三

李晶的自杀，成为第二天本城的爆炸性新闻。看到这则新闻的时候，张芊茹正由罗卷益陪护着，在医院抽血。胚胎移植已经快一个月了，她来医院抽血检查，确认胚胎是否着床，是否成功怀孕。两人走出抽血室的时候，天空飘起了鹅毛大雪。这是成都冬天少有的大雪，不少人从医院的建筑物里走出来，兴奋地感受着难得一见的雪花。张芊茹开口说："去咖啡馆休息一下吧，三个小时之后回来拿化验结果。"

咖啡馆位于医院大门的斜对面，是两人经常光顾的地方。夫妻俩刚刚在临街的座位里坐下，服务员还没来得及上前服务，两人手机里的即时新闻推送就响了。罗卷益拿起手机一看，表情忽然凝滞。张芊茹觉得有异，急忙拿起自己的手机，"富商陆羽臣夫人李晶跳楼自杀"跃入眼帘。新闻里写着，记者刚刚从警方获得消息，望江楼公园附近某小区有女子被发现坠楼身亡，死者身份确认是前段时间潜逃的富商陆羽臣夫人李晶。文末称，记者已经出发赶往现场，将对这一新闻继续跟踪报道。

张芊茹一下就蒙了。脑袋像被雪扫过一样，白茫茫一片。她这才明白，昨天李晶来找她，是为了交代后事。李晶在自己生命的最后时刻，竟然如此信任她。

罗卷益忽然站起来，大踏步地往门外走。张芊茹跟了出去，罗卷益急匆匆走到停车场，拉开车门。张芊茹一把阻止了他："你现在这个样子怎么开车？我来！"

说完，她拉开驾驶室的车门坐了进去对罗卷益说："你给我指路。"

一切尽在不言中。罗卷益神情恍惚地指着路，张芊茹费了好大劲才在漫天大雪里，将车开到了李晶的小区。远远地，就看到一栋电梯公寓下面拉起了警戒线，几位身穿制服的警察正站在警戒线内忙碌着。

未等车停稳，罗卷益就拉开车门冲进了大雪之中。他不顾一切地朝警戒线内冲，几位警察伸手拦住了他。不远处的雪地里，一摊摊殷红的血迹像梅花一样绽开。血迹刺激了罗卷益，他发了疯地再度发起冲击，又被几位警察拦腰抱住。他不管不顾，第三次发起冲击，一位人高马大的警察被迫出手，将罗卷益扑倒在雪地里。

警察用手压着他，厉声吼问："你是她什么人？"

倒在雪地里的罗卷益忽然没有了动作。是啊，我是她什么人？我是她什么人？

一点一点地，罗卷益挣扎着要从雪地里爬起来。他浑身的精气神在刚才的一场爆发之后，忽然消失殆尽。他半跪在雪地里，艰难地用手肘支撑着整个身体的重量，他想要站起来，却发现自己浑身瘫软得没有一点力量。巨大的悲痛轻而易举地把他击倒，他无力地垂下头，无声地抽泣。

许久许久，罗卷益才意识到，自己不知从什么时候开始，就依靠在一个人的身体上，这个人紧紧拥抱着他，把他的脸拥在自己的怀里，任由他哭泣。

罗卷益抬起被泪水迷糊的双眼。看清楚了，这个人，是自己的妻子，张芊茹。

这天夜里，罗卷益又重新回到了那个迷离的梦境之中。他在那条蜿蜒的石头阶梯上艰难爬行，满天的雪花，飘飘洒洒，让周围的一切银装素裹。不一会儿，雪停了，阳光一丝丝地透出来，照射在剑门关雄伟的关楼上。那个总是在前面时隐时现的黑衣女子，慢慢在阳光里变得清晰起来。她缓缓地转过身，看清楚了，是李晶。

李晶扬起头，让阳光一点点撒在脸上。然后，她安静地注视着罗卷益，轻轻地说："这下好了，你欠我的，还完了，我也该走了。"

说完，李晶露出了一个长长的微笑，那么灿烂的微笑，罗卷益从来没有在李晶脸上看见过。

罗卷益跑过去，拉住李晶的手。他不让她消失，他要把她永远留在生命里。

但是，李晶轻轻地摇头，对他说：“今生缘尽，你若不甘，别喝孟婆汤、别走奈何桥，来生寻我。”

说完，李晶轻飘飘地消失在剑门关的尽头。

罗卷益猛然惊醒。却发现，自己在梦中，一直死死抓着张芊茹的手。

李晶火化的那天，郑海涛陪伴在侧。

警察从李晶裙子里发现了那张纸条，顺藤摸瓜，找到了海涛。海涛将纸条紧紧攥在手里，她在生命的最后时刻，没有留下遗书，却给他留下了一句看似稀松平常的话：海涛哥，裙子是你送我的。

海涛哥，海涛哥，李晶的呼唤回荡在海涛的耳边，此生，这呼唤都将回荡在他内心最深处。

李晶火化时，依然穿着那条格子连衣裙。海涛这才意识到，他和李晶恩恩怨怨纠缠这么多年，自己给予她的，也只有这样一条三十二元的布裙子。

火化的传送带按钮，是海涛按下的。他没有掀开李晶脸上的白布看她最后一面，那张脸，不是他的李晶。在他的心中，永远铭记的是那个在慢车里颠簸了六个小时赶来看他的、长相平庸的贫寒女子。

走出火葬场，海涛意外地在大门口看见了罗卷益。他没有进去，一直默默地站在门外，来送李晶最后一程。

自从那日在李晶家里不期而遇，海涛再没有和罗卷益见面。罗卷益的憔悴程度让海涛十分意外，他的头发耷拉在脑门上，两鬓已经泛起了星星点点的霜白。黑眼圈加深，两个因失眠而日益明显的眼袋重重地挂在眼睛下面。这还是以往那个儒雅优秀的罗卷益吗？

海涛迎着罗卷益走了过去。他说："来了？"

罗卷益没有回答，而是问："结束了？"

海涛点点头。

罗卷益的视线移向了火葬场的那根大烟囱。此时，大烟囱里正往外冒着白烟。罗卷益眯缝起眼睛看了好久，那是李晶正在离他而去。

罗卷益将视线收了回来。他睁大眼睛逼视着海涛，用一种全然陌生的口吻说："听说，李晶遗书都没有写，只给你留了张纸条？"

海涛点点头。

罗卷益继续追问："听说，她死的时候，穿的是你以前送给她的裙子？"

海涛不再回应，保持着沉默。

罗卷益的五官忽然扭曲在一起，他用一种尖利的声音咆哮："她摧毁了我的一切，临走，什么都没有给我留下，却给你留下了这么多！"

海涛铁青着脸，从内衣口袋里，拿出了那张银行卡，递到了罗卷益面前："这是李晶让我转交给你的。那天在她家里，你推门看到的时候，她正跪下来求我，让我答应把这张卡交给你。"

罗卷益茫然地看着海涛，没有伸手去接。

"这张卡里，李晶存有五十八万元，密码是六个一，她说，入股安吉纳让你倾家荡产，这是她给你的补偿。她不想让你再沉溺下去，所以，她不愿意见你，就是希望你能早日忘记她。"

罗卷益颤抖着手，接过了那张银行卡。用手轻轻地抚摸，似乎在留恋上面残留的李晶的气息。然后，他把这张卡紧紧地压在心脏的位置。这是李晶留给他的，最后的信息。

# 二十四

不幸的消息像成都街头随处可见的麻辣串，一个连着一个，停不下来。罗卷益和张芊茹以血肉之躯，承受着生活带给他们的打击，无路可退、遍体鳞伤。

夫妻俩双双失去了工作，多年积蓄一夜之间灰飞烟灭。罗卷益为情人的离世痛不欲生，张芊茹强打精神陪伴在他身边。张芊茹甚至怀疑，如果自己不在这个时候抓紧罗卷益的手，这个内心脆弱的男人很可能哪一天就会消失不见。张芊茹有些暗自庆幸，多亏自己对罗卷益不是那种爱得天崩地裂的状态，她才能靠着一点残存的理性，照顾着泄气皮球般的丈夫。

一个男人和一个女人能够长相厮守，靠的不是爱，而是情义。爱是短暂的火花，情义则天长地久。

但是谁会知道，在这样艰难的时刻，作为女人的张芊茹，内心深处是多么希望身边能有一个强大的肩膀，给她安慰、让她哭泣、听她倾诉。

Grace，你的心里住着一个小女孩。

Grace,你是一个缺爱的女人。

沉稳的声音，温柔的眼神，张芊茹眼前浮现出了乔治的脸。她一次次强压下要和乔治见面的念头。在如此脆弱的时刻，一旦和乔治见面，哪怕对方表露出一星半点的怜惜与爱意，她都有可能沦陷进去，万劫不复。那将是另一个悲剧的开始。

夫妻俩的日常，只剩下了长时间的沉默相对。罗卷益彻底地颓废下去，他一日又一日地蜷缩在沙发里，困了就闭上眼睡一会儿，醒了就睁开眼，空洞地望向远处。张芊茹已经记不清罗卷益有多长时间没有洗澡了，油腻的头发一缕缕粘在脑门上，胡子杂草般地从唇边冒出来，两个巨大的黑眼圈吊在眼眶下，像两只沉重的沙袋。他没有语言，眼睛里连一丝光也没有。五官静止犹如木雕，若有所思，又若无所思。

张芊茹默默地坐在罗卷益的对面，留心观察他的任何一种异样。偌大的家宛如一座黑暗霉腐的坟墓，一点一点埋葬着两个苟延残喘的大活人。她想，这样的状态自己也坚持不了多久了，终有一天，她也将崩溃。

就在张芊茹觉得自己走到了绝望的边缘时，手机响了，是张勇打来的。

张勇说："芊茹姐，你的验血报告已经出来好几天了，一直没见人来领走。姐姐，恭喜你啊，你怀孕了！"

张芊茹拿着电话的手一抖："哦……你确定……没有

看错？”

“怎么会看错呢？你的各项检查指标都显示，你肯定是怀孕了！”张勇在电话里高兴地说。

放下电话，世界在张芊茹的眼前忽然改变了颜色。低下头，张芊茹有些不敢相信地把手放在肚子上，轻轻地抚摸，一圈又一圈。这里，一个小生命已经悄悄诞生。

她走到罗卷益面前，用手机在他面前晃了晃：“老罗，听到了吗？我的抽血报告出来了，我怀孕了！我们的孩子已经来了！”

罗卷益似乎没有听明白，隔了好一会儿，他的眼睛里才渐渐聚集起了光彩。

孩子来了，上帝在黑暗中，投来了一束光。

终于不一样了，虽然夫妻俩依然没有工作，但是日子不再轻飘飘没有根基，这个即将到来的小生命小手一勾，就将他俩的七魂六魄重新聚集到了一起。罗卷益洗了澡，刮了胡子，换了一身干净的衣服。他拿着卷尺，站在“家里有家”的外间来来回回地测量着，他要把外间改造成一间婴儿房。设计图纸，去装修卖场购买原材料，罗卷益每天进进出出，虽然依旧沉默，但手上有了忙碌的事情，神情也变得专注了。

周末，张芊茹约了罗诗诗，一起去商场选购母婴产品。两人手挽手走在成都最繁华的春熙路上，巨大的LED广告屏明明灭灭，将一段段精致优雅的生活推送到行人面前。人群熙来攘往，年轻的男孩女孩打扮时尚，轻声笑语，成了街头的风景；白领们穿着套装步履轻快，朝气蓬勃的脸上洋溢着自信的笑容。冬日微温的阳光下，整个春熙路都流淌着一种节日般的快乐主旋律。张芊茹记不得自己已经多久没有逛街，没有享受普通人的日常了，如今置身春熙路，感受着这烟火人间的温暖气息，她有种劫后余生、重获新生的沧桑。

平平淡淡才是真。

张芊茹选择让诗诗陪她逛街，还有另一层深意。李晶、海涛、罗卷益这三个人剪不断、理还乱的关系中，诗诗是最无辜、也最容易被人忽略的一位。张芊茹不知道诗诗究竟知道多少，是否受到了伤害？

逛着街，张芊茹看似不经意地问到海涛的近况。诗诗微微皱着眉头说："他最近情绪一直不好。"

"为什么呢？"张芊茹眼皮动了一下。

诗诗将头微微向张芊茹靠了靠，压低声音说："芊茹姐，你知道吗？我哥那个医院的老板娘竟然就是海涛的前女友。她前几天自杀了，所以海涛也不好受。"

张芊茹吓了一跳，诗诗怎么知道得这么多。"你怎么知道她是海涛的前女友？"

"海涛说的呀。"诗诗挽着张芊茹的手，边走边说，"海涛对我倒是很坦诚,他和前女友是从小青梅竹马玩到大的，可惜因为家里穷，女孩子看不到未来才最终分了手。海涛问过我，要不要去参加她的葬礼，我支持海涛去。都是一个村子里长大的，即使不是前女友，作为同学也该去的。你说对不对？”

张芊茹重重地点点头。她想，诗诗这样的女孩子，天生具有将大事化小、将复杂变简单的天赋，她注定是婚姻和人生的赢家。

一抬头，前面竟然出现了HB的旗舰店。上下两层的大卖场，临街一面全是落地玻璃，巨大的品牌LOGO自上而下贯穿两层。这样的气派，在名店林立的春熙路也称得上霸气侧漏、独占鳌头。自从离开思瑞公司，张芊茹已经很久没有关注过HB了。她大踏步地走进HB的门店里，迎面一张巨幅广告吸引了她的眼球。广告上，美丽的Miranda Kerr抱着她那个萌化全世界的乖儿子，温柔地微笑着。旁边的广告词是：和宝宝一起长大。

“呀，可儿！”诗诗高兴地叫了起来，她是Miranda Kerr的铁杆粉丝。张芊茹在这幅广告前驻足，和宝宝一起长大，多好的广告词，孩子的到来，确实是父母一次重新长大的机会。

身后，忽然响起一阵纷乱的脚步声，张芊茹回头，只见一群工作人员簇拥着一个身材消瘦的女人走了过来。女人穿着香奈儿粗花呢套装，脸上是一种不苟言笑、说一不二的神情。她身后的工作人员满脸堆笑，不时弓着身子认真记录着女人的只言片语。那是马丽。她终于如愿以偿，成了 HB 的 CEO。

张芊茹转回头，内心平静，并无波澜。多少恩怨，消失在楼台烟雨中。

乔治收养小铃铛的手续终于办妥，他和夫人 Windy 将带着小铃铛，前往美国开始新的生活。张芊茹为乔治夫妇送行，在西餐厅定下包间，她对乔治说，这是一场真正意义上的家宴。

张芊茹没有说错，这的确是一场家宴，是一场由三个家庭举行的晚宴。张芊茹与罗卷益夫妇、乔治和 Windy 夫妇以及郑海涛、罗诗诗夫妇，而将这三个家庭联系到一起的，则是可爱的天使小铃铛。

Windy 是一个金发碧眼、具有北欧血统的高个女人，她穿开司米高领毛衣和羊绒大衣，不太会说中文，但脸上总是洋溢着一层柔和的光亮。她让小铃铛坐在自己身边，用生硬的中文单词努力和小铃铛交流着。小铃铛对于自己这位金黄头发的妈妈很是好奇，她喜欢用手去抚摸 Windy 的皮肤或者头发，每当这个时候，Windy 就会去捏小铃铛的脸，逗得小女孩“咯咯”笑个不停。乔治用温柔的眼神看着这一对不同种族的母女，他说，我的人生，美梦成真。

海涛出神地凝视着小铃铛，他从小铃铛的脸上看到了李晶的影子。那是没有整容、五官平庸，却让他毕生难忘的一张脸，那是他心目中真正的李晶。小铃铛和Windy闹够了，把目光转向海涛，她说："海涛叔叔，我去美国了，你一定要给我打电话哦。"

海涛认真地点点头。

"你不要骗我哦。如果你给我打电话，我就买棒棒糖送给你。"小铃铛仰起脸，一脸天真无邪的笑容。

席间众人都被小铃铛逗笑了，海涛也露出了难得的笑容。说不出为什么，他和小铃铛之间总有一种天然的亲近感。

张芊茹却在心中暗自感叹，毕竟是血浓于水啊。她有一瞬间的犹豫，想着自己是否应该将真相告诉海涛。张芊茹下意识地看看罗诗诗，此刻的她正依偎在海涛身边，一脸幸福地看着小铃铛。张芊茹又看看罗卷益，他脸上有难得的轻松表情，对横亘在面前的巨大秘密毫不知情。

张芊茹在一秒钟内，就放弃了揭示真相的念头。要想获得快乐，就要远离真相。

席间，张芊茹成功怀孕的消息，让乔治雀跃不已。他伸出手，给了张芊茹一个大大的拥抱。"Grace，慢慢体会，你会和这个宝宝一起成长的！"

然后，乔治又走到罗卷益面前，同样伸出手，给了他一个大大的熊抱。"罗，Grace 会是一个很好的母亲，愿你们一家幸福，上帝爱你们。"

看着乔治和罗卷益拥抱在一起，张芊茹脑海里闪过了那个穿着燕尾服、在舞台上引吭高歌的男人。她生命中最重要的三个男人，聚集到了这一刻。她没有感伤，她的人生走到现在，忽然变得异常踏实笃定。不忘过去，不畏将来，活在当下。

晚宴一直持续了两个多小时，每个人脸上都泛起了愉悦的红晕。散场之际，众人在餐厅门口告别。夜风吹来，被美酒佳肴和热闹气氛熏得有些飘飘然的头脑，终于有些清醒了。看见海涛和诗诗转身离去的背影，张芊茹忽然开口叫住了海涛。犹豫了几秒钟，她说："和小铃铛告个别吧，她这一走，你们很难再见面了。"

海涛走过来，俯下身，猛地将小铃铛抱了起来。他用脸贴了贴小铃铛地脸蛋："去美国要乖哦，叔叔会想你的。"

小铃铛也抱住了海涛的头："海涛叔叔，你也要乖哦。"

看着这一幕，张芊茹禁不住扬起头，朝天空看了看。漆黑的夜空，一颗星微微闪烁，像李晶瞳孔边的那颗小圆痣。李晶，你看到了吗？这会是最好的结局吗？

第二日，乔治夫妇带小铃铛启程去美国。张芊茹独自前往机场送行。

在贵宾休息室，小铃铛缠着 Windy 要去看机场商店里的那排熊猫公仔，Windy 用手捏了捏小铃铛的脸，抱着她走出了休息室。

张芊茹从包里拿出了那个黑色的金丝绒首饰盒，交到了乔治手上。

乔治满脸狐疑地打开盒子，里面一条蓝钻项链发出炫目的光。“Well，这个东西价值不菲。”

“这个请你代为保管，这是小铃铛生母生前留给她的。她嘱咐我，等到小铃铛成年，把这串项链交给她并告诉她，这是妈妈留给她的成人礼物。对了，这串项链的名字叫海的女儿。”

“我想知道，这是怎么回事。”乔治内心有着巨大的好奇。

张芊茹微笑着摇头：“过去的就让它过去吧，你现在是小铃铛的父亲，你只要知道这一点就够了。”

五十分钟后，一架波音 747 拔地而起，乔治夫妇和小铃铛飞向了太平洋的另一端。

张芊茹在机场大厅，对着飞机挥手，心里一遍又一遍默念着“再见”。这一刻，她一个人站在人生的交叉点，挥别过去，迎接未来，不悲不喜。她将手放在小腹上，在那里，她温暖的子宫里，一个生命正悄然成形，她将和他一起成长。

无常，常在。但她心无挂碍。

五年后的春节，罗卷益一家和海涛一家相约去广元曾家山滑雪。主要是因为孩子。张芊茹四岁的儿子和诗诗三岁的女儿一直嚷嚷着要去玩雪，春节假期终于成行，一对表兄妹高兴得手舞足蹈。

在曾家山雪场，海涛偶遇自己的初中同学刘大胖。老同学相见，自有叙不完的旧。就着漫天鹅毛大雪，两人打开了话匣子。聊着聊着，刘大胖就提到了当年海涛爸爸得胰腺癌的事。“多亏了李晶啊，她拿了三十万现金给我，让我赶快给你爸爸送去。还不让我说，只说是社会爱心人士的捐款。唉，想想李晶也真不容易，听说这三十万是一个黑社会老大给的，她还不起最后就跟了那个男人……”

漫天飞雪。海涛伫立在雪中。没有岁月可回头。